대체로 가난해서

대체로
가난해서

윤준가 지음

미래의창

각자 가난한 우리

나는 왜 가난할까? 매일 열심히 일하는데 왜 돈이 없을까? 명품은 구경조차 힘들고 건강한 밥을 챙겨 먹기도 벅찬데, 왜 커피 한 잔에 사치한다는 손가락질을 받아야 할까? 나는 직업이 있고 매년 업무 숙련도가 올라가는데 왜 점점 일이 없어지고 수입이 줄어들까? 룸메(남편)는 매일 작업실에서 열심히 작업해 꾸준히 결과물을 쌓아 올리는데 들어오는 돈은 왜 그토록 적을까?

지금 이 순간, 가난을 곁에 두고 사는 삶에서 일어

나는 실제의 일들을 쓰고 싶었다. 우리 세대의 사람들이 겪는 자세한 상황에 대해서. 쓰면서도 언제나 가장 망설여지는 부분은 나보다 더 가난한 사람들이었다. 오랫동안 지속되는 가난이 너무 힘들고 아파서 "나 가난해"라고 말하기조차 힘든 사람들이 있다. 내 주변에도 우리 동네에도 많이 존재한다. 그렇다고 내가 나의 가난에 대해 쓰지 못한다면, 아마 영원히 아무것도 쓸 수 없을 것이다. 나보다 가난한 사람들은 언제나 있고, 우리는 다양한 강도와 형태의 가난에 대해 이야기해야 한다. 나는 글을 쓸 수 있고, 그것만으로도 내 가난을 기록할 충분한 이유가 됐다.

가난에 대한 모든 물음에 개인의 능력 부족, 혹은 노력 부족으로만 답하는 건 손쉽고 얕은 결론이다. 사회와 구조의 문제를 외면하고서는 이 세세한 가난들을 모두 설명할 수 없다. 경제나 사회적 분석을 하자는 게 아니라 조금 더 거리낌 없이 현재의 가난을 명시하고 싶다는 뜻이다. 이 책을 쓰는 동안 어떤 사람이 내 브런치 글 중 하나에 댓글을 달았다. 그는 '모두들 가난을 숨기고 싶어하는데 너는 왜 가난을 드러내냐'고 물었다. 그에게 되묻고 싶었다.

"당신은 가난이 왜 부끄럽나요?"

가난을 부끄러워하지 말자고, 부끄럽다는 인식마저도 사회가 강요한 것이 아니냐 따져 묻고 싶다. 그런데 사실은, 나도 대체로 가난이 부끄럽다. 비싼 식당에 가면 가장 저렴한 메뉴부터 확인하고, 카페에서도 이름이 길고 복잡한 음료 대신 아메리카노나 카페라테를 마시게 된다. 심플한 메뉴를 좋아하기도 하지만 가격이 아예 신경 쓰이지 않는다고는 못 하겠다. 또 이 책이 나오면 가족이나 친구들이 읽고 나를 얼마나 모자라게 볼까, 동정하지는 않을까 불쑥 겁이 날 때도 있다 (가족들에게는 비밀로 해주세요). 그래도 용기를 내서 써보는 이 글은 불평 불만이 아니라 오늘을 기록하고 내

일 더 나아가려는 몸부림이다. 우리의 삶을 더 쓰고 말하자는 권유이자 우리의 위치를 숨기지 말자는 주장이다. 내 가난을 나 아니면 누가 말할까? 당신의 가난과 어려움도 당신이 말하지 않으면 아무도 모른다. 나는 여기서 이렇게 말할 테니, 당신은 당신의 자리에서 이야기해주기를 바란다.

이 책은 카카오 브런치에 연재한 것을 단행본에 맞도록 수정하고, 절반 정도는 새로 써서 엮은 것이다. 출간을 도와주신 브런치 팀과 나의 첫 편집자가 되어준 김윤하 님께 감사드린다.

차
례

2장, 이따금 포기하는 것들

3장, 가족이라는 이름

4장, 소중하고 고단한 나의 밥벌이

1장

내 가난의
모양

내 가난
증명하기

한 출판사의 의뢰로 책 세 권의 편집 작업을 한꺼번에 계약했다. 한 권을 먼저 끝내고, 같은 시리즈인 두 권은 동시에 진행해서 납기일을 맞췄다. 고마운 일감이었지만 마감을 마치고 나니 몸도 정신도 많이 지쳐서 간절하게 휴식이 필요했다. 몇 달 동안 열심히 일해 생긴 약간의 여유 자금을 부산행 교통비와 3박 4일 체류 비용으로 썼다.

　부산에서는 한 카페에 자주 드나들었는데, 그곳에서 말을 섞게 된 현이라는 사람이 있었다. 역시 서울에서 여행을 온 이였다. 하염없이 바다를 보거나 책을 읽다가 심심해하며 같이 내 SNS를 보게 됐는데, 그때 나는 깜짝 놀랄 만한 그리고 오래도록 기억하게 된 한마디를 들었다.

"에이, 가난하다더니 식탁은 가난하지 않네."

순간 너무 당황해 나는 할 말을 잃고 그저 웃기만 했다. 어이없다는 의미의 웃음이었으나 현이 그 뉘앙스를 알아들었는지는 모르겠다. 그가 본 사진 속에는 크리스마스를 맞아 내가 차린 저녁 식탁이 있었다. 소스로 덮인 포크립(돼지 등갈비), 아스파라거스 구이, 와인 두 잔, 밥, 밑반찬, 분위기를 위해 켜둔 촛불. 그런 것들로 구성된 식탁이었다. 현은 뭘 보고 그런 말을 했을까? 등갈비? 아니면 아스파라거스? 와인?

그 말을 듣자마자 현에게 "이 등갈비는 친척분이 주신 홈쇼핑 판매용 냉동 제품이에요. 특별한 날을 위해 아껴뒀죠. 전자레인지에 몇 분만 데우면 돼요. 아스파라거스는 집 앞 농협에서 직거래 상품으로 파는데 한 묶음에 2,000원이었어요. 와인은 크리스마스 세일 상품으로 5,000원 정도에 샀답니다. 그리고 며칠에 걸쳐 조금씩 마셨죠. 이만하면 별로 비싼 식탁은 아니지 않나요?"라고 말해야 했을까? 아니면 "가난한 식탁은 어때야 하나요?"라고 되물었어야 하나? 이 모든 설명을 하지 못한 나는 가슴이 꽉 막힌 채 그 상황을 넘기고 말았다.

룸메는 음악을 만드는 프로듀서로, 개인 작업과 아르바이트를 병행한다. 나는 출판 편집자인데 주로 출판사에서 외주를 받아 일하고 동시에 독립출판물 제작, 그림책 작업을 병행한다. 다시 말해 우리는 둘 다 프리랜서다. 고정 수입은 너무 적어서 둘이 한 달을 살기에는 한참 모자란다. 그나마 편집 외주 일을 하면 생활비로 쓸 만한 돈이 들어오지만 매년 거듭되는 출판계의 불황과 함께 그 일거리도 나날이 줄어들고 있다.

돈이 들어오면 일단 다른 달에 못 벌 상황을 대비해 매달 조금씩 나눠 써야 한다. 수입 통장과 지출 통장을 정해놓고 가장 먼저 월세와 공과금을 처리한다.

내야 할 돈을 다 내고, 수입이 0원인 달을 대비해 비상금도 약간 꺼내놓고 나면 그 나머지가 생활비다. 공과금 납부만으로도 벅차서 비상금 저축은 엄두를 못 내는 달도 많다.

의료보험금도 직장가입자보다 많이 책정된다. 직장가입자는 회사와 반반 나눠서 내지만 지역가입자는 모두 본인 부담이고 재산과 소득을 점수로 환산해 보험료를 책정한다. 처음엔 생각보다 많이 나오는 지역의료보험료에 놀라 살고 있는 집의 임대 계약서 사본을 팩스로 보내 소명했지만, 줄어든 금액은 겨우 몇백 원이었다. 마찬가지로 직장에 다닐 때 회사가 반액을 내주던 국민연금은 프리랜서가 되면서 금액이 부담되어 납부를 중지해둔 상태다. 수입이 없거나 적은 경우 국민연금공단에 연락해 납부예외자 신청을 하면 한동안 납부를 중지할 수 있다.

몇 년 전부터는 국가에서 저소득자에게 '근로장려금'이라는 걸 주는데 이건 수입이 너무 적어도 못 받고, 너무 많아도 못 받는다. 노동을 하되 돈을 적게 버는 사람들에게 1년에 1회(최근에는 연 2회로도 가능)

0~150만 원 사이의 현금을 준다. 자격심사 조건에 집이나 차 등 재산도 들어가기 때문에 열심히 일하면서도 가진 것이 없어야만 지급받을 수 있다. 최근 코로나 때문에 프리랜서 지원금을 신청할 때는 갖추어야 할 서류가 너무 많아 꼬박 며칠에 걸쳐 준비를 해야 했다. 심지어 지정 기간 동안의 통장 입금 내역까지 모두 제출했다.

"그래서 얼마나 가난한 건데?"라고 다시 묻고 싶은 이가 있다면 이번에는 뭘 보여줘야 할까? 연소득 증명서를 떼어 신분증처럼 들고 다녀야 할까? 의료보험료 고지서를 보여주면 되려나? '소득 점수: 0'이라고 적힌 부분을 보면 납득이 갈까?[*] 아니면 그저 그런 밑반찬들로만 채워진 후줄근한 식탁 사진을 찍어서 SNS에 올려야 하는 걸까? 가난한 사람들은 왜 끊임없이 자신의 가난을 설명하고 증명해야 할까? 이런 시선과 요구를 느낄 때마다 억울하고 울컥한 마음이 드는 것은 어쩔 수가 없다.

---

[*] 지역의료보험 고지서에서 소득 점수 '0'은 소득이 아예 없다는 뜻이 아니라 정기적인 소득이 없다는 의미다.

"난 가난해요" 하는 사람에게 "너 안 가난한 것 같은데?"라고 말하면 그 이후의 일은 그야말로 폭력적이다. 가난한 사람은 자신을 '가난해 보이지 않도록 만든' 물건이나 상황의 출처를 밝혀야 한다. 그 밑에 어떤 사정이 깔려 있는지도 설명해야 한다. 그렇게 구구절절 '증명'해서 얻는 것은 무엇일까? "아, 그래. 너 가난한 거 맞구나"라는 인정이다. 그 인정은 가난한 사람에게 다시 한번 비참함을 느끼게 하는 것 말고 다른 용도가 없다. 나에게 내 가난의 모양을 묻는 사람들에게 되묻고 싶다.

"그 질문, 꼭 해야 하나요?"

대체로 가난해서

가난하며
건강하기

"지금 구멍 난 금니 크라운은 원래 저희 병원에서 하신 거니까 치아색 물질로 교체하시면 할인해서 20만 원에 해드릴게요. 그리고 오래전에 때우신 어금니의 아말감이 많이 들떠서 다 레진으로 교체해야 해요. 총비용은 70만 원입니다. 예약 날짜 잡으시겠어요?"

"당장 하지 않아도 괜찮죠?"

"그럼 명절 지나고 오시겠어요?"

"네, 제가 전화 드릴게요."

건강보험공단에서 2년에 한 번 제공하는 무료 치아검진을 받았다. 이런저런 문제점을 지적해줬는데, 그중 가장 골칫거리인 부분은 몇 년 전 크라운 치료를 하며 씌운 금니에 난 구멍이었다. 이런 경우 이의 신경을 다 죽여놓은 상태이기 때문에 자각 증상이 늦게 오고, 아파서 치과를 찾았을 때는 씌워놓은 이가 이미 썩어서 스펀지처럼 되어버려 발치 후 임플란트를 해야 되는 경우가 많다고 한다. 크라운 치료는 비싸다. 치료비는 재료에 따라 적게는 30만 원에서 많게는 60만 원 이상도 든다. 혹시나 하는 마음에 원래 치료를 받은 치과까지 찾아가서 물어보니 본래 35만 원이지만 할인해서 20만 원에 해주겠다고 했다.

눈에 잘 띄지 않는 작은 구멍을 더 커지기 전에 발견했으니 이번 검진은 무척 잘 받은 셈이다. 하지만 마음은 내내 무겁다. 지금 당장 크라운을 교체할 20만 원이 내게는 없다. 그 돈을 지불하면 생활비가 모자라질 것이다. 괜히 치과의사가 원망스러워졌다. 애초에 금으로 씌우는 게 제일이라며, 오래가고 인체에 해도 없다며 다른 재료보다 더 비싸게 씌우지 않았는가. 시술

후 몇 년이 흘렀다 해도 어떻게 씌워놓은 치아에 구멍이 날 수가 있나? 내 이를 살펴본 의사가 아직은 괜찮아 보인다고 해서, 조금 기다려보기로 했다. 기다리는 동안 통장 잔고가 넉넉해질 수도 있으니까. 몇 달이 될지, 몇 년이 될지는 모르겠지만.

⁘

건강. 모든 사람들의 바람이자 행복한 삶을 이루는 요건이다. 건강하지 않을 때 삶은 순식간에 망가진다. 병중에도 행복을 찾을 수는 있지만, 당장 감기 몸살을 앓거나 배가 아프고 설사가 나오는 가벼운 증상만 있어도 삶의 질이 훅 떨어져버린다. 가난한 내가 일상에서 가장 신경 써야 할 부분도 바로 건강이다. 아프면 돈이 많이 든다. 그런데 건강한 몸을 유지하는 데에도 돈이 든다.

건강을 유지하는 가장 기본적인 방법은 영양가 많고 신선한 음식을 먹고, 적당한 운동을 하는 것이다. 이 당연한 듯 보이는 문장 속에는 많은 어려움이 들어 있다. 일단 '영양가 많고 신선한'은 손쉽게 사 먹는 저렴한 음식으로는 획득하기 어려운 가치다. 파는 음식은 되도록 많은 사람들의 입맛을 사로잡는 게 우선이다. 그렇다 보니 더 자극적인 맛을 내고 재료에 따라 생기는 편차를 줄이기 위해 조미료를 지나치게 쓰거나 양념을 강하게 하는 경우가 많다. 더욱이 신선하고 깨끗한 재료를 쓴다는 보장도 없다. 좋은 음식을 사 먹으려면 상당히 비싼 값을 치러야 한다. 돈이 없다면, 만들어 먹어야 한다.

내가 사는 집은 지역의 재래시장과 매우 가깝다. 독립하면서 가장 잘된 일 중 하나다. 시장이 없었다면 우리는 지금보다 훨씬 덜 건강했을 것이다. 시장이 가까워서 좋은 점은 시장 자체에도 있지만 그 주변에 상권이 발달한다는 점이다. 시장을 둘러싸고 할인마트 2곳, 대형마트의 익스프레스점 1곳, 농협에서 운영하는 로컬푸드 직매장 1곳이 있다. 나는 시장을 포함해 이 모든 곳에 수시로 다니는데, 거의 매일 한 군데 이상 들른다. 그리고 가장 싸고 가장 신선한 재료를 찾는다.

여기는 공산품이 싸고, 저기는 채소가 싸다. 또 거

기는 과자 할인을 자주 한다. 새로 생긴 시장 근처 채소 가게는 무척 저렴하지만 대체로 신선도가 떨어지니까 꼭 사야 할 품목이 다른 곳에서 너무 비쌀 때만 이용한다. 좀 오랫동안 두고 먹는 채소의 경우(무나 당근 등) 농협에서 운영하는 로컬푸드 직매장에서 산다. 근방의 농부들이 수확해서 바로 진열해 파는 것들이라 오래 두어도 신선도가 쉽게 떨어지지 않는다. 금세 상해서 버리는 것보다는 약간 비싸더라도 신선한 제품을 사는 편이 돈을 아끼는 방법이다. 당연히 몸에 좋고 맛도 좋다. 육류는 마트의 특별 할인 품목이 아닌 이상 시장 정육점이 제일 낫다. 생선은 시장에서 사되, 매일 가격이 달라지니 지날 때마다 체크한다. 시장이나 마트가 가까우면 냉장고에 많은 재료를 쟁여놓지 않아도 된다. 그것만으로도 무리하지 않게 된다. 없으면 바로 나가서 사면 되니까.

시장과 가까워 무척 다행이라고 했지만 사실 나는 이 모든 과정이 버겁다. 매일 가장 싸고 좋은 재료를 찾는 일이, 그 모든 가격을 기억해 머릿속에서 비교하는 일이, 최대한 적게 사면서 최대한 다양하고 맛있는 음식을 먹고자 노력하는 모든 수고로움이.

형편이 된다면 한곳에서 고민 없이 신선한 재료를 구매하면 좋겠다. 나아가 누군가 만들어놓은 양질의 음식을 매일 공급받을 수 있다면 몸도 편하고 내 에너지를 다른 일에 집중할 수 있을 것이다. 하지만 그런 서비스는 아주 비싸다.

나는 종일 앉아서 일을 한다. 원고를 보거나 조판[*]을 하거나 수정을 하거나 글을 쓰거나 책을 읽거나, 하여튼 대부분의 사무직이 그렇듯 모든 일을 앉아서 처리한다. 그러다 보니 허리가 아프기 쉽다. 마우스를 많이 사용하고 집안일도 매일 하니 손목도 자주 아프다.

★ 조판은 아래 한글 등 워드 프로세서 프로그램으로 작성된 원고를 인디자인이라는 출판용 프로그램에 옮겨, 책 인쇄에 맞는 모양으로 만드는 과정을 말한다. 과거 활자 인쇄 시절에 조판공이 활자를 하나하나 뽑아서 인쇄용 판에 올리는 과정을 가리키던 말인데, 모든 과정이 디지털화된 현재에도 조판이라는 말을 여전히 쓰고 있다.

대체로 가난해서

한 번씩 통증이 심해지면 정형외과나 한의원을 찾는데, 병원비나 약값이 만만치가 않다. 근육을 단련시켜 쉽게 아프지 않는 몸을 만드는 것이 근본적인 해결책이다.

다행히 나는 시간을 비교적 자유롭게 낼 수 있어서 오래전부터 하고 싶던 수영을 시작했다. 시에서 운영하는 수영장에 다니는데, 월 6만 원 정도가 들어간다. 2년 가까이 수영을 하니 허리 아픈 일이 많이 줄었다. 다른 부분에도 조금씩 근력이 생겼다. 그러나 최근 생활비가 많이 모자라 몇 달 동안 수영 강습을 등록하지 않았다. 마침 겨울이라 추워서 가기 싫은 날이 생기기도 하고 돈도 모자라니 겨울 동안은 쉬기로 했다. 그러니까 기다렸다는 듯이, 다시 허리가 아파온다.

수영을 쉬는 동안은 집에서 매일 플랭크를 하기로 했다. 다이소에서 5,000원을 주고 요가 매트도 샀다. 그런데 자꾸 운동하는 걸 까먹는다. 허리가 아파오면 그제야 플랭크를 1분씩 벌벌 떨며 해본다.

건강하게 살기. 가난해도 건강하게 살기. 정말 쉽

지 않다. 덜 가난한 사람보다 더 머리를 쓰고 더 부지
런해야 한다. 나의 일상을 지켜나가려고 계속 노력해
야 한다. 정신 차리지 않으면 나의 삶은 쉽게 망가져버
릴 것이다. 어쩌면 이리저리 잔머리를 굴리는 동안 뇌
가 조금 더 활성화되려나? 그럼 치매 위험이 0.01%라
도 줄어들지 않을까? 이 고달픔을 애써 긍정적으로 생
각해본다. 어휴!

에어컨 없는
여름으로부터

'더위'라고 써 붙인 샌드백이 있다면 하루에도 몇 번이고 있는 힘껏 주먹질을 했을 것이다. 하지만 샌드백은 아무리 세게 쳐도 제자리로 돌아온다. 아무리 더위를 욕하고 저주해도 이 더위는 매일매일 나를 덮친다.

어렸을 때부터 더위를 많이 탔다. 대신 추위는 덜 탔는데, 어른들은 겨울에 태어난 애들이 그렇다고 말해주곤 했다. 그 말을 들을 때마다 어쩐지 기분이 좋았다. 마치 내 혈액형이나 별자리 이야기를 듣는 것처럼, 아니 그보다 더 낭만적인 기분으로 '겨울 아이'라는 말을 즐겼다("겨울에 태어난 아름다운 당신은"이란 가사로 시작되는 노래도 있다). 정작 엄마는 나를 낳을 때 수술실이 너무 추워서 덜덜 떨던 기억이 아직도 생생하다고 하셨는데.

아무튼 그렇게 더위를 많이 타는 사람이 한여름에 집에서 열기를 뿜어대는 컴퓨터 앞에 종일 앉아 있으면 문자 그대로 '미쳐버릴 것 같은' 기분이 든다. 얼마 전까지만 해도 우리 집에는 에어컨이 없었다. 사상 최악의 더위라는 2018년 여름의 한가운데, 선풍기와 아이스팩으로 버티며 윙윙 돌아가는 데스크톱으로 월간지 마감을 했다. 다른 일감은 카페에 가져가서 작업할 수 있지만 조판 작업은 반드시 데스크톱으로 처리해야 했다. 그렇게 며칠을 지냈더니 더위를 먹었는지 몸이 이상해졌다. 열이 났다가 추웠다가 어지러웠다가 설사를 했다가, 얼굴엔 붉게 열꽃이 피었다. 룸메가 쓰는 작업실은 근처 아파트 상가에 있는 아주 작은 방인데, 방음 시설 때문에 밀폐된 공간이라서 계약할 때부터 에어컨이 기본으로 설치되어 있었다. 퇴근해서 집에 온 룸메는 더위에 지친 나를 볼 때마다 미안함에 어쩔 줄 몰라 했다. 그렇게 힘겨운 여름을 나고 다음 여름이 오자, 우리는 망설임 없이 에어컨을 샀다.

에너지효율 1등급의 인버터 에어컨을 샀으면 좋았 겠지만 그런 건 벽걸이라도 70만 원이 넘었다. 하이마 트 온라인몰에서 40만 원짜리 벽걸이 에어컨을 샀다. 에너지효율 5등급 정속형 에어컨, 4개월 무이자 할부. 이걸 사고 아주 신나 했었다. 선풍기를 틀고도 무더운 날이면 에어컨을 켰다. 내 작고 어두운 방에 에어컨이 달리니 이보다 쾌적할 수가 없었다. 너무너무 더운 어 느 날은 안 쓰던 이불을 꺼내 겹쳐 깔고 에어컨 달린 작은 방에서 잠을 잤다. 안방의 침대 위에서는 서로 손 을 잡기도 힘들었지만 에어컨이 있는 방에서는 껴안 을 수도 있었다. 에어컨을 산 뒤로 아이스팩을 수건에 둘둘 감싸 안고 있는 일은 없어졌다. 그 여름이 지나고 나서 룸메와 이런 대화를 나누었다.

"사실 정말 정말 못 견디게 더운 날은 그렇게 많지 않았어. 그래도 그 며칠을 못 견디겠으니까 에어컨이 필요한 거야. 삶의 질을 확 높여주잖아."

에어컨을 사고 1년이 지나 다시 여름이 찾아왔다. 그러자 더위와 함께 이번에는 유례없이 긴 장마가 들이닥쳤다. 사방이 축축해서 몸도 기분도 물미역처럼 늘어졌고 보통의 여름이라면 괜찮았을 곳에도 구석구석 곰팡이가 피었다. 플라스틱으로 만들어진 창틀에도 곰팡이가 자랄 수 있다는 걸 이번에 처음 알았다. 에어컨은 냉장고나 세탁기처럼 선택이 아닌 필수 가전이 됐다. 에어컨을 틀지 않으면 아무 활동도 할 수 없는 늪 같은 날들이 이어졌다.

에어컨이 있다 해도 전기세의 압박이 있으니 마음껏 팡팡 켤 수는 없다. 아껴 틀기 위해 노력해보지만, 정말이지 더위에는 장사가 없다. 일어나면 간단한 요리를 해서 먹는데 불을 쓰면 못 견디게 더워지기 때문에 잠깐씩 에어컨 앞으로 가서 한숨을 돌려야 했다. 낮에는 주로 혼자 방에 앉아 일을 한다. 잠깐 도서관이나 시장에 다녀오거나 운동을 갈 때는 에어컨을 끈다. 인버터 에어컨은 중간에 끄는 게 오히려 전기를 많이 잡아먹는다는데 내 방의 에어컨은 정속형이라 켜면 켜는 대로 전기를 먹는다. 운동을 마치고 돌아와 다시 에어

대체로 가난해서

컨을 켜고, 룸메가 돌아오면 요리를 해서 같이 밥을 먹고 넷플릭스를 보며 쉬다가 또 에어컨 있는 방에 이불을 펴고 잔다. 자는 동안 혹시라도 추워서 깨면 에어컨을 끄고 선풍기만 켜놓고 다시 잔다. 그러고는 곧 다시 더워져서 에어컨을 켜고……. 이런 날이 반복됐다.

요리를 하는 데에도 요령이 늘었다. 가급적이면 전자레인지나 전기밥솥을 이용하는 것이다. 작은 닭을 사서 밥솥에 넣고 백숙을 해먹은 다음, 그 국물에 쌀 갈아놓은 것과 다진 채소를 넣고 다시 밥솥을 돌려 닭죽을 만든다(양파를 왕창 넣으면 맛있다). 전자레인지용 찜기에 달걀을 넣고 삶은 달걀을 만들거나 역시 밥솥에 달걀을 넣어 구운 달걀을 만들기도 한다. 전자레인지에 끓여 먹는 라면도 있고, 최근에는 등갈비김치찜도 밥솥으로 만들었다. 국수를 삶거나 채소를 데치는 등 꼭 가스불을 써야 할 때는 일단 전기포트에 한가득 물을 끓여서 그 물을 냄비에 옮긴 뒤 바로 불을 켜 삶는다. 가스불 켜는 시간을 최소화하고 물도 빨리 끓일 수 있다. 이렇게 열심히 더위를 피해보려고 잔머리를 굴리며 노력하지만, 가전제품 사용이 늘어날수록 전기

요금 고지서도 무서워진다. 과연 이번 달은 얼마나 나올까? 누진세는 우리를 어디로 끌고 갈까.

지난 2020년, 정부는 폭염을 '자연재해'로 규정했다. 그렇다면 그 기간 동안 누진세를 확 낮추는 방안은 어떨까? 우리는 다행히 에어컨이 있지만 에어컨이 없는 집도 많다. 저소득층에게 저가형 에어컨 구매 비용을 지원해주면 어떨까? 이게 자연재해라는 걸 인정한다면 대책도 세워줘야 하지 않은가. 콩알만 한 에어컨이라도 좀 팍팍 틀고 싶다. 너무 더워서 끄지 못하고 있지만 마음은 계속 불안하다. 에어컨은 이제 사치재가 아니라 필수재다.

어제는 시장에 가서 바로 튀겨주는 돈가스 두 장을 사 왔다. 등심돈가스 한 장에 2,500원인데 크기는 좀 작아도 맛은 괜찮다. 그 가게에서는 설탕을 입힌 꽈배기도 팔고 핫도그도 판다. 주인아저씨는 땀을 뻘뻘 흘리며 튀김기 옆에 서 있었다. "가게 앞으로 한 발짝만

나가도 살 것 같아요" 하고 말하며 돈가스를 종이봉투에 담아준 아저씨는 계산하는 그 찰나가 가장 좋은 시간이라고도 덧붙였다. 남의 땀으로 갓 튀긴 돈가스를 먹으려니 왠지 미안한 마음이 들었다. 여름이 무르익으니 시장 상인들도 많이들 휴가를 떠났다. 평소에 손님이 많은 가게들은 과감하게 문을 닫고 1주나 2주씩 휴식을 갖는데, 장사가 잘되지 않는 가게들은 여름 내내 휴가를 가지 않았다. 아, 다들 휴가라도 마음대로 갈 수 없을까? 누구든 이 더위에 갇혀서 땀범벅으로 시들어가지 않았으면 좋겠다. 오늘은 신에게 간절히 기도해본다.

　"제발 모든 집에 에어컨을 설치해주세요. 콩알만 한 거라도요."

베란다 없는
사람들

"달달달달 –––––––– 삐––––––"

표준코스로 돌린 세탁기가 다 돌아가면 둘 중 하나가 일어나 '바람 건조' 버튼을 누른다. 보통은 10분, 이불이나 점퍼 같이 두꺼운 세탁물이라면 20분을 돌린다.

결혼 전 연애 시절, 잠시 지방의 본가에서 지내며 작업을 하던 룸메는 결혼 준비를 위해 수도권인 경기도 고양시로 올라왔다. 일단 서울 근처에 터를 잡아야 알바라도 구하고 결혼 허락도 받을 수 있을 것 같았다. 우리는 돈을 모아 저렴한 전셋집을 구했고, 룸메가 먼저 들어가 살고 있기로 했다. 방이 두 개 있고 작은 부엌이 있는 빌라 1층이었다. 결혼을 정확히 언제 할지, 아니 할 수나 있을지 확실한 것은 아무것도 없었지만 일단 시작했다. 우리는 거의 주말에 만났는데 한 주는 룸메가 서울 우리 집 근처 번화가로 와 데이트를 했고, 다음 한 주는 내가 룸메가 사는(정확히는 공동명의로, 내 집이기도 한) 집으로 갔다.

'임시로' 사는 것이니만큼 변변한 살림살이가 없었다. 룸메가 상경하면서 작업실의 짐들을 실어왔는데, 대부분 음악 작업에 필요한 악기와 책상, 음반, 책 등이었고 살림이라고 할 만한 것은 꼬마 냉장고(냉동고가 따로 있지 않고 위쪽에 조그만 공간뿐이라 계속 신경 쓰지 않으면 금세 성에가 끼었다)와 옷, 그릇 약간, 대야 정도가 전부였다. 그렇게 뭐가 없었어도 집에서 만나는 날이면 시장을 봐서 함께 음식을 해 먹고 잘 놀았다. 밥 먹고 카페 가는 매일의 똑같은 데이트 패턴에서 벗어난 것만으로도 좋았다. 보통 색다른 데이트라면 교외로 나들이를 가거나 액티비티를 즐기겠지만 우리는 밖을 좋아하는 성향이 아니었다.

그런 살림에 전혀 불만이 없던 룸메가 유일하게 힘들어하는 부분이 바로 빨래였다. 손빨래를 하고 짜서 널고 말리는 일이 너무 힘들다고 했다. 사실 그가 말하기 전에 나는 그게 힘들다는 것조차 인식하지 못했다. 나도 그때 손빨래로 내 속옷이나 면생리대를 빨고 있었지만 큰 세탁물은 늘 세탁기에 넣었으니까. 여하튼 그 말을 듣고 바로 함께 돈을 모아 세탁기를 샀다. 결혼해서도 쓸 거라고 생각해서 이불 빨래도 가능한 13kg짜리 통돌이 세탁기를 골랐다. 드럼 세탁기는 비싼 데다가 세제도 가려야 했고 세탁기 크기에 비해 세탁 용량이 많지도 않았다. 세탁기를 함께 고르고 주문하면서 신기한 기분이 들었다. 집을 얻을 때보다 더, 우리가 같이 살게 된다는 '그림'이 그려지게 된 것 같았다. 살림을 같이 한다는 감각, 미래를 함께한다는 전제가 비로소 생겨났다.

그 세탁기를 아직도 잘 쓰고 있다. 세탁기에는 '바람 건조' 기능이 있는데 설치할 때 기사님이 이 메뉴는 전기를 좀 많이 먹는다고 말해주고 갔다. 일반 건조기처럼 말려주는 건 전혀 아니고, 더운 바람이 나오는 것도 아니고 그냥 탈수할 때처럼 통이 계속 돌면서 어딘가에서 바람이 좀 나오는 기능이다. 사실 통이 돌아갈 때는 세탁기를 열어볼 수 없으니까 바람이 실제로 나오는지 안 나오는지도 확실히는 모른다. 그래도 바람 건조를 하면 빨래가 좀 더 빨리 마른다. 습한 여름철에는 빨래가 빨리 말라야만 한다. 우리 집에는 베란다가 없기 때문이다.

처음 집을 정할 때 이 정도의 가격에 이만한 크기, 방이 두 개라는 점에 만족했다. 베란다가 없는 게 어떤 불편을 가져올지는 전혀 예측하지 못했다. 우선 베란다가 없다는 건 빨래를 널 곳이 없다는 뜻이었다. 빨래를 안방이나 부엌 등 생활공간에 널어야 했다. 안 그래도 좁은 집에 빨래 건조대를 활짝 펴놓으면 바라만 봐도 답답할 정도로 집이 좁아졌다. 좁은 것도 문제고 보기 싫은 것도 문제지만 가장 큰 문제는 빨래가 안 마른다는 것이다. 비라도 오면, 특히 장마철에는 며칠 동안 널어두어도 좀처럼 마르지 않았다. 대신 집 안에 꿉꿉한 냄새가 떠다녔다. 비가 그치면 살짝 말랐다가 비가 내리면 그 습기를 빨래가 다시 흡수했다.

못 견디던 어느 날은 지인이 선물해준 소형 제습기(정말 작다)와 선풍기를 틀어놓고 빨래를 안방에 둔 다음 몇 시간 동안 문을 닫아두었다. 그렇게라도 하지 않으면 빨래를 말릴 수가 없었다. 이 집에 사는 내내 나는 쨍쨍한 햇볕 아래 말린 뽀송한 빨래를 가질 수 없을 것이다. 최근에는 다들 건조기를 사던데, 이 집에는 건조기를 따로 들일 만한 공간이 없는 데다 우리는 그걸 살 돈도 없다.

또한 베란다가 없다는 건 창고로 쓰일 공간이 없다는 뜻이었다. 각종 청소도구며 한동안 쓰지 않을 짐들, 이사 올 때 생긴 가구의 부속물 등 버릴 수 없는데 생활공간에 두긴 힘든 것들을 모두 훤히 보이는 집 안 어딘가에 두어야 했다. 최대한 구석으로 밀어 넣거나 장에 넣거나 천으로 가려두었지만 한계가 있다. 이 모든 보기 싫은 것들을 베란다 한 켠에 보관할 수 있다면 얼마나 좋을까. 한쪽에 차곡차곡 쌓아둔 다음 천을 두르거나 가림막을 세우면 좋을 텐데. 이 집에 사는 이상 짐을 이고 지고 살아야 한다.

하나 더 꼽자면 베란다가 없다는 건 외벽이 많다는 뜻이기도 했다. 베란다로 낼 공간 없이 바로 부엌이고 방이기 때문에 외부의 찬 기운과 더운 기운을 고스란히 겪어야 한다. 완충 지대가 없는 집은 늘 다른 곳보다 혹독하다. 나중에 알고 보니 같은 빌라 건물에서도 가격이 저렴한 우리 집과 바로 옆집을 제외하고는 다 베란다가 있었다. 그래, 베란다는 꼭 필요한 거였어. 베란다가 이렇게 삶의 질을 좌우할 줄이야.

"다음에는 우리 꼭 베란다 있는 집으로 가자."

이 말을 룸메와 내가 몇 번이나 주고받았는지 모른다. 베란다를 예쁘게 꾸미고 화단도 만들고 그곳에 테이블과 의자를 두고 가끔 나가 차를 마시며 볕을 쬐는 여유로운 그림까지는 바라지도 않는다. 오직 그 실용

성 때문에 베란다를 갖고 싶다.

　이렇게 불편해도 나는 이 집이 고맙다. 결혼해서 5년, 결혼 전부터 치면 6년 이상을 보증금 한 번 올리지 않고 살았다(사실은 재개발 예정지이기 때문인데, 재개발은 아직도 시작되지 않았다). 돈도 없고 확신도 없었던 우리가 이 집에서 하나씩 살림을 꾸리고, 어느덧 안정된 커플로 살아가고 있다(경제가 안정되지는 않았고 관계가 안정됐다). 이 집에서 앞으로 얼마나 더 살 수 있을지 알 수 없지만 우리의 신상에 큰 변화가 생기거나 쫓겨나기 전까지는 계속 살 것 같다. 그때까지 잘 부탁해!

수족냉증인의
겨울

"아유, 손 시려."

"뭐? 고작 이거 하고 손이 시리다고?"

"얘가 어려서부터 손이 차잖아. 그래서 내가 뭔 일을 못 시켜."

얼마 전 엄마, 이모랑 김장을 하는데 절인 배추를 좀 짜고 나르니 금방 손이 시려왔다. 손이 시려서 손이 시리다고 말한 것뿐인데 이모는 깜짝 놀라고 엄마는 저래서 어쩌냐며 한숨을 쉬신다. 그렇다. 나는 혹독한

겨울을 자랑하는 한반도의 수족냉증인이다.

　수족냉증이 있는 분들은 익히 알고 있겠지만 남들보다 빨리, 많이 손이 시리다. 겨울에 찬물로 뭔가를 한다는 게 고통스러울 정도다. 오늘 아침에도 햄채소 볶음을 하려고 대파와 파프리카, 양파를 씻고 자르는데 그 잠깐도 어찌나 손이 시린지 따끔따끔 통증이 느껴질 지경. 그래서 내게는 여름만큼이나 겨울에 하는 요리도 퍽 괴롭다. 차가운 물에 여러 번 씻어야 하는 쌈채소를 겨울에는 잘 사지 않는 것도 그런 이유에서다. 찬물로 쌀을 씻을 때는 손 대신 거품기나 주걱으로 휘휘 젓곤 한다.

　외출할 때는 장갑을 필수로 끼지만 그래도 손끝이 시리다. 해마다 더 완벽한 장갑을 찾아 헤매고 있다. 발은 또 어떤가. 두꺼운 등산양말이 아니면 반드시 두 개를 겹쳐 신어야 한다. 발가락에 동창이 걸린 지 벌써 10년도 넘었는데, 조금만 보온을 소홀히 하면 재발되어 간지럽고 붉게 부풀며 염증이 생긴다.

결혼 후 첫 겨울을 지날 때였다. 룸메도 나도 어려서부터 부유한 편이 아니었기 때문에 어느 정도의 절약이 몸에 배어 있는 사람들이다. 나는 혼자 있을 때는 보일러를 틀지 않고 그냥 옷을 한 겹 더 입었다. 룸메가 밤에 귀가하면, 그제야 한 시간 정도 보일러를 돌려 집을 살짝 덥히고 잠자리에 들었다. 정말 딱 한 시간, 길면 두 시간 정도만 가동했고 약간 온기가 올라오면 바로 껐다. 그 정도만 해도 집 안 공기가 꽤 따뜻해졌다. 그렇게 한 달이 지나고 가스비가 나왔다. 15만 원이었다. 생각보다 너무 많이 나와서 깜짝 놀랐다. 그렇게 아껴서 틀었는데도 이렇게 많이 나오다니! 내가 마음껏 따뜻하게라도 지냈으면 억울하지나 않지, 그렇게 아꼈는데도.

그 후 우리는 방식을 바꾸었다. 보일러는 한파주의보가 내려지거나 영하 10도 이하로 떨어지는 날만 동파 방지용으로 가동했고 대신 침대 위에 온수매트를 깔고 잤다. 온수매트 자체도 꽤 값이 나가긴 하지만 마침 선물을 받았다. 시어머니께서 혼자 김장을 하신다고 하여 둘이 지방에 내려가 종일 도왔는데 그게 기특하셨는지 온수매트를 사주셨다. 김장 다음 날 허리는 끊어지게 아팠지만 겨울 내내 그 온수매트가 얼마나 고마웠는지 모른다.

우리는 바닥에 바로 앉는 좌식 생활을 하지 않고 집 안에서는 항상 실내화를 신으며, '휴식'에 해당되는 거의 모든 활동을 침대 위에서 한다. 예를 들면 TV 시청이나 간식 섭취, 대화, 독서 등등. 그러니 사실은 바닥 난방이 그리 절실하지는 않다. 잘 때도 어차피 침대에 누우니까. 그렇게 온수매트에 의존하니 전기료가 4만 원대, 가스비가 2~3만 원대로 나왔다. 그럭저럭 견딜 만한 수준이다. 침대 속이 따뜻해도 공기가 차서 코끝은 좀 시리지만.

우리 집은 방이 두 개인 작은 빌라다. 14평 정도인데 집의 세 면이 외벽이고 한 면은 복도와 맞닿아 있다. 작년 겨울, 30평대 아파트에 사는 친구네에 놀러 갔었다. 집에 들어서자마자 아주 훈훈한 기운이 감돌아서 겉옷을 빨리 벗었다. 친구는 한 달 난방비가 7~8만 원 정도이며 한두 시간만 틀어도 종일 따뜻하다고 했다. 그때 알았다. 아, 집이 부실하면 유지비가 더 드는구나. 잘 지어진 집은 훨씬 넓어도 적은 연료로 오랫동안 따뜻하구나. 그리고 아파트는 위아래, 옆집의 복사열이 있어서 그 도움도 크다.

이 글을 쓰는 동안 손가락이 시려 몇 번이나 양손을 엉덩이로 깔고 앉았다. 수면양말을 신고 털실내화를 착용해서 발은 별로 시리지 않지만 키보드나 태블릿을 사용할 때는 손이 꽤 시리다. 요 몇 년 사이 환절기가 오면 자꾸 한포진에 걸린다. 손가락에 습진 같은 오돌토돌한 수포가 돋아나다가 심해지면 아주 간지럽고 염증이 생겨 열이 나며 아파오는 피부 질환이다. 동네 피부과에서는 스트레스성이라고만 하다가, 자꾸 재발하니 점점 더 독한 약을 쓰고 있다. 의사는 피부 안팎의 온도 차가 심할 때 안에서 땀이 제대로 배출되지 않아 생기는 현상이라고 했다. 아무래도 유독 손의 온도 차가 커서 그런 것 같다. 오늘의 무사와 내일의 평안을 바라며 매일 잠자리에 들지만, 손가락 사이사이의 간지러움과 가스비 폭탄이 영 무서운 겨울밤이다.

다른 수족냉증인 여러분, 다들 어떻게 지내고 계십니까. 한반도에서 살아가기 참 힘들지요. 부디 이 추위에 무탈하시기 바랍니다. 그리고 우리들 만나면 서로 손은 잡지 않기로 해요. 우리끼리 잡아봤자 나아질 게 없잖아요. 그저 각자의 주머니 속에서 꼼지락꼼지락 추위를 이겨냅시다. 모두들 힘내요.

다이소 앞에서 만나요,
당근!

몇 년 전 모 작가가 SNS에서 했던 말이 기억 난다.

"복지제도보다 다이소가 훨씬 유용하다!"

사회복지제도가 일개 민간기업보다도 국민들의 필요를 파악하지 못한다는 사실을 비꼼과 동시에 다이소의 저렴하고 다양한 상품을 칭찬하는 말이었다. 당시에 이 말에 어찌나 공감하며 실실 웃었는지.

전 국민의 생활용품을 책임지고 있는 것만 같은 다

이소. 이곳에서는 가장 비싼 물건이 5,000원이고, 대다수의 물건은 1,000원이나 2,000원짜리다. 포털 사이트나 SNS에 '다이소 ○○'이라고 검색하면 수많은 리뷰들이 나온다. 심지어 다이소의 가성비 아이템만 소개하는 SNS 계정도 있다. 돈 없는 사람도 쇼핑욕을 충분히 해소할 수 있으니 놀라운 상점이 아닐 수 없다.

　다이소 매장의 1층 또는 입구는 그 시기의 메인 테마 제품들로 꾸며져 있다. 봄이면 벚꽃 에디션으로 나온 텀블러, 방석, 노트, 양초, 테이블매트 등등이 한데 모여 분홍빛 산을 이룬다. 한여름엔 시원한 푸른색 여름 아이템들이, 핼러윈 무렵에는 검은색과 호박색, 보라색의 으스스한 물건들이 또 한가득이다. 밸런타인데이나 크리스마스는 말할 것도 없지. 그렇게 바뀌는 진열대 풍경은 나처럼 집에만 처박혀 때를 모르고 넘어가는 사람에게도 현대의 명절을 알려준다. 일단 다이소 매장에 들어가면 새로 들어온 신기한 아이템이 없나 빠르게 살펴본다. 귀여운 그릇이며 유용해 보이는 각종 생활도구들이 나를 유혹하지만, 몇 년 간의 경험으로 단련이 되어 무분별한 쇼핑은 자제하게 됐다.

몇 년 전 룸메가 다이소에서 코털제거기를 샀는데 집에 와 뜯어보니 건전지가 제대로 들어가지 않았다. 칼날이 작동은 됐지만 코털을 자르려면 두꺼운 펜처럼 생긴 그 기계의 꽁무니 부분을 손으로 꽉 누르고 있어야 해서 도저히 코털을 정상적으로 자를 수가 없었다. 결국 환불하러 갔는데 직원은 처음에 포장을 뜯은 건 어렵다고 하더니 설명을 듣고는 몇 번이나 작동을 해보고 겨우 환불해주었다. 그 일로 얻은 건 다이소에서는 오직 그 자체로 쓰임이 있는 물건(예를 들면 플라스틱 박스나 청소 솔, 머리빗 같은 것들)이 아닌 작동시켜야 하거나 내구성이 필요한 물건은 가급적 사지 말자는 교훈이었다. 코털제거기는 나중에 면도기를 만드는 회사에서 나온 것을 사 문제없이 잘 쓰고 있다(사실 그 뒤에도 정신을 못 차리고 바닥 청소용 밀대를 하나 샀는데 금세 부러지고 말았다).

　　조심스럽게 말해보자면 다이소는 취향을 죽이는 곳이라고 생각한다. 1,000원, 2,000원짜리 조악한 제품들을 구매하다 보면 그만 다이소의 세계에 갇혀버린다. 그곳에서 살 수 있는 제품을 굳이 다른 데서 찾지 않게 되는 것이다. 세상에는, 아니 세상까지 갈 것도 없다. 한동네에만 해도 다양한 질의 물건이 존재하는데, 가성비라는 미명하에 갇히면 뭐가 더 좋은지 구분하기 어려워진다. 입장할 때부터 어느 정도 체념하고 들어가서는 저렴한 물건, 가성비가 좋아 보이는 물건을 집어 들고 이 정도 가격에 이 정도의 질이면 만족해야 한다며 오히려 자기 자신을 설득한다. 그러다가 문득 정신을 차리면 어느새 다이소 물건으로 가득한 집에 살고 있다. 그야말로 가성비의 늪이다. 그렇다고 실제로 '가성비', 그러니까 가격에 비해 성능이 좋으냐 하면 딱히 자신 있게 대답할 수 없다. 코털제거기나 밀대의 경우처럼 아무리 적은 돈을 주고 샀더라도 제 구실을 못한다면 그 돈은 버린 것과 같다. 싼 것만 찾다가 내가 어떤 질의 물건을 원했는지도 잊어버리기 십상이다. 저렴하고 쓸모 있는 물건은 잘 활용하되, 정말 필요한지, 제 구실을 할 만한지 꼼꼼히 따져보는 수고를 들여 구매해야 한다.

문득 궁금하다. 돈이 충분히 있는 사람도, 그러니까 부자도 다이소에 갈까? 가성비를 따질까?

대체로 가난해서

그런데 요즘 들어 동네 다이소 앞에 더 자주 간다. 바로 '당근 거래' 때문이다. 집에서 가까울뿐더러 우리 동네에는 다이소가 딱 한 군데라 기준으로 삼기에 좋고, 일찍 도착해 시간이 남거나 거래를 마치고 슬쩍 매장에 들어가 구경하기에도 좋다. 당근 거래란 중고거래 스마트폰 앱인 '당근마켓'으로 물건을 사고파는 걸 말한다. 당근마켓 초창기에 앱을 깔았었는데 유저가 적어 물건이 너무 없었고 그중 쓸 만한 건 더욱 없어서 실망하고 곧 지워버렸다. 그랬던 것이 시간이 흘러 유저가 늘어나고 입소문을 타더니 지금은 명실상부 최고의 중고거래 앱으로 거듭났다. 가까운 지역에 있는 사람끼리 직거래를 한다는 건 좋은 발상이다. 당근마켓 전에는 중고 물건을 사려면 네이버 중고나라를 뒤적이거나 동네에서 산발적으로 열리는 벼룩시장에 가보거나 빈티지 가게를 찾아야 했다.

심심하면 당근마켓을 들여다보곤 하다가 최근에는 나도 좀 팔아보자 싶어서 통 쓰지 않던 것들을 올려봤다. 잘나가는 중고거래의 원칙은 하나다. 좋은 물건을 싸게 팔 것. 칼질이 어려워 엄마께 받은 곰돌이다지기는 막상 써보니까 너무 시끄러워서 몇 번 쓰고 말았는데 3,000원에 팔렸다. 최근에 냉장고가 고장 나 바꾸었는데 이전 냉장고에서 쓰던, 얼음도 한 번에 많이 얼릴 수 있고, 보관도 많이 할 수 있고, 또 사용하기도 편리해서 내가 좋아한 얼음틀이 새 냉장고에 들어가지 않았다(새 냉장고가 더 작다). 사이즈를 적어서 2,000원에 올렸더니 순식간에 팔렸다. 엄마랑 룸메는 그걸 누가 사냐고 그냥 버리라고 했지만, 이것 봐, 나처럼 얼음 좋아하는 사람 있다니까!

　당근마켓도 역시 다이소처럼 늪에 빠질 수 있어서 조심해야 한다. 좋은 물건을 싸게 산다는 치명적 매력이 있지만 사진으로 알 수 없는 하자가 있기도 하고, 직거래를 하면서 불쾌하거나 불편한 일이 생기기도 하고, 심지어 사기를 치는 사람도 많다고 한다. 얼마 전에는 괜찮은 브랜드의 운동화가 싸게 나와서 운동할 때 신으려고 구매했는데, 실제로 보니 사진보다 굉장히 많이 낡아 있었고 쓰던 사람의 발에 맞춰 길이 들어 있어 내가 신으니 오히려 불편했다(막상 거래를 하러 나가서 물건을 본 뒤에는 안 사기가 참 어렵다. 나만 그런가?). 직거래를 할 때 약속을 안 지키는 사람도 많다. 특히 무료 나눔일 때 이런 매너 없는 사람이 많다. 뭐든 무료라고 하면 번개처럼 손을 들지만 막상 정한 시각에 찾으러 오지 않아서 메시지를 보내면 그제야 까먹었다고 태연하게 둘러대기 일쑤다.

당근마켓을 보고 있으면 세상에 물건이 너무 많다는 생각이 든다. 사람들은 다양한 물건을 사고 또 많은 물건을 안 쓴다. 돈도 돈이지만 그 자원들이 아깝다. 이렇게 중고거래로 필요한 주인을 찾아가면 좋겠으나 모든 물건이 그럴 수는 없으니까. 지구상의 모든 자원은 결국 자연을 파괴하여 만들어진다. 아무리 친환경적인 물건이라도 새로 사는 것보다는 이미 갖고 있던 걸 여러 번 쓰는 편이 지구에 훨씬 도움이 된다고 한다. 어떤 이들은 중고 물건 자체를 남이 쓰던 거라며 꺼림칙하게 여기기도 하는데, 지구의 형편상 앞으로 중고 물건을 더욱 열심히 활용해야 하는 시대가 오지 않을까. 조금 꺼려지더라도 깨끗이 빨고 다리고, 소독

하고 닦아서 유용하게 써보는 게 어떨까. 방 한구석에 마스킹테이프와 책과 성냥을 모으는 호더 주제에 이런 문장을 써도 되나 싶어 좀 머쓱하긴 하지만.

자, 이제
나가주세요

이미 알고 있는 사실이었다.

우리가 살고 있는 이 집이 재개발 구역으로 지정되어 있으며, 언젠가 재개발될 것이라는 사실은 계약 전부터 고지된 사항이었다. 그러나 더불어 많은 이웃 지구의 재개발 무산 소식이 들려왔고 우리가 세를 든 건물의 주인도 재개발이 언제쯤 되려나 매일 근심이 많다고 했다. 그는 4층짜리 빌라 한 동을 모두 소유했는데, 등기도 깨끗했다. 계약할 때 들은 바로는 어느 대학의 교수라고 했다.

집 근처에는 늘 "재개발 결사 반대!", "재개발 허가 직권 해제하라!" 등이 적힌 현수막과 대자보가 붙어 있었다. 우리에게는 대자보를 쓸 권리도 없었지만 내심 그 대자보들이 반가웠다. 반대 의견이 있으면 재개발이 쉽지 않다고 들었기 때문이다. 그러니까, 우리는 이곳에 계속 살고 싶었다. 이 집이 너무 좋아서가 아니라 그동안 오를 대로 올라버린 전셋값을 감당할 자신이 없었다.

재개발 전에 최대한 신경을 덜 쓰고 싶었던 건지 그냥 좋은 의도인 건지 잘 모르겠지만, 우리가 이 집에 7년 넘게 사는 동안 보증금은 한 번도 오르지 않았다. 친구들이 치솟는 보증금 때문에 이사를 다니면서 우리에게 "그 집은 괜찮아?"라고 물으면 "응, 살고 있는 사람한테는 안 올린대. 게다가 재개발 때문에……"라고 답해왔다. 그러면 친구들은 "그래도 그게 어디야, 부럽다"라고 말하며 한숨을 내쉬었다. 그 질문을 했던 친구들은 모두 나보다 형편이 좋고 가계 수입이 많았는데 그들에게 집 문제로 부럽다는 말을 듣는 게 어딘가 이상하다고 생각했다.

대체로 가난해서

2018년 9월, 드디어 재개발 조합에서 연락이 왔다. 12월 말까지 집을 비우라는 통보였다. 생각보다 기한이 빠듯했다. 사실 지역 카페 게시판에서 재개발이 확정됐느니, 진행이 됐느니 하는 말을 들을 때마다 나는 불안했고 소문을 확인하려 부동산에 몇 번 연락도 했다. 부동산에서는 법적으로 6개월 전에는 통보를 해주니까 걱정 말라고 했다. 그러나 실제로 우리에게 주어진 기간은 3개월이었다.

이 집에 이사 올 때 중개해주었던 부동산에 다음 집을 찾아달라 의뢰했다. 우리가 생각한 예산을 말씀드렸는데 부동산에서는 난색을 표했다. 지금 있는 집의 보증금에서 몇천만 원을 올린 금액이었지만 그나마도 없다고 했다. 짐을 생각하면 더 작은 집으로는 갈 수 없는데 그러자면 감수해야 할 조건이 아주 많았다.

예를 들자면 대중교통 이용이 아주 불편하거나, 엘리베이터가 없는 6층이거나, 지어진 지 30년을 훌쩍 넘긴 데다 수리도 되지 않아 나쁜 컨디션이 예상되는 그런 집들이었다. 그래도 몇 군데 꼽아놓은 곳을 다녀보기로 약속했는데, 룸메가 무슨 바람이 들었는지 금

액을 훨씬 더 올려서 집을 찾아달라고 했다. 부동산에
서는 반색을 하며 금방 좋은 집을 찾아주었다. 가까운
곳의 소형 아파트였다. 1층이라 단점도 많았지만 지금
보다 3평이 크고 내부가 깨끗하게 수리되어 있는 집이
었다. 그런데 그 집의 전세 보증금은 지금 있는 집의
세 배에 가까웠다.

우리가 이 집에 살던 지난 6년 동안 시세가 두 배
올랐다. 두 배의 보증금을 내고서도 비슷한 집을 찾을
까 말까였다. 옷장, 침대, 냉장고, 세탁기, 책장, 책상
등 큼직한 짐들만 생각해도 지금보다 작은 평수의 집
에서는 살기가 힘들다. 최소한 같은 평수의 집으로 옮
겨야 한다. 하물며 조금이지만 더 크고, 오래되긴 했어
도 명색이 아파트이며, 내부 수리까지 다 되어 있는 집
이니 세 배에 이르는 것이 당연한 이치로 보였다.

몇 번의 회의를 한 결과, 우리는 대출을 한껏 받기
로 했다. 우리가 이제까지 돈을 적게 벌고 적게 쓰며
살 수 있었던 이유는 두 사람 몫의 생활비만 감당하면
됐기 때문이다. 대출을 받고 이자를 내게 되면 우리는

대체로 가난해서

이제 예전처럼 살 수 없다. 필요한 대출액을 계산해보니, 월마다 이자를 30만 원 정도 내야 한다. 거기에 아파트 관리비가 월 13~16만 원 정도다(지금 있는 빌라의 관리비는 2만 5,000원). 지금보다 월평균 40만 원 이상을 더 내며 살아야 한다. 대출의 원금까지 갚아나가는 옵션은 아직 엄두도 낼 수 없는 단계다.

"그런 삶이 괜찮을까?"
"우리가 그렇게 살 수 있을까?"
"이제까지처럼은 못 살아."
"이제 많이 벌어야 돼."
"나 앞으로 돈 많이 벌 거야."

우리는 이 오래된 빌라를 떠나는 시점에 우리의 인생에서 중요한 결심들을 해야 했다. 조금이라도 더 좋은 집에서 살기로 하는 결심, 이제까지의 느슨한 삶을 어쩌면 버리겠다는 결심, 앞으로 돈에게 더 자리를 내주는 삶을 받아들이겠다는 결심. 자본주의사회에서 조금 더 안락하고 깨끗하게 살고 싶다는 욕망은 곧장 돈과 연결된다. 너무나 명확한 이 연결을 일단 따라가보기로 했다.

하기 싫은 일감을 거절할 수 있을까? 개인적인 작업 시간을 낼 수는 있을까? 야근을 안 할 수 있을까? 늦잠을 잘 수 있을까? 일이 끊기면 어떡하지? 대출이자는 절대로 밀리면 안 된다는데 가능할까? 괜히 욕심부렸다가 주변에 손 벌리는 사람이 되면 어떡하지? 취직이 쉽지 않은 나이라 여차하면 출판사 들어간다는 옵션도 이제 생각하기 어려운데…….

수많은 걱정들이 밀려왔고 지금도 무엇 하나 해결되지 않았지만 우리는 그 작은 아파트를 계약했다. 설령 2년 뒤에 전세금이 오르면 가차 없이 나와야 한대도, 그 후에는 더 나쁜 조건의 집으로 옮겨야 한대도, 일단은 한 걸음 나아가보기로 했다. 조금 무리하며 2년 정도 살아보는 것도 어쩌면 큰 경험이 되겠지.

룸메는 앞으로 돈을 열심히 벌겠다고 했다. 적어도 지금보다는 훨씬 나아질 거라고 단호하게 말했다. 그 말에 어쩐지 믿음이 갔다. 원래 허세가 없는 사람이다. 그러니까 당장 아무것도 없어도 믿을 수 있다.

대체로 가난해서

내일 우리는 이사를 간다. 이미 동네의 여러 집들이 떠났다. 어제는 도서관에 가면서 비가 막 그친 뒤의 동네 길을 카메라로 몇 장 찍었다. 오래된 벽돌과 언덕, 할머니 할아버지들이 모여 노시는 정자, 작고 오래된 도서관, 모두 30년은 넘었을 낡은 빌라들과 그 빌라의 이름을 쓴 커다랗고 개성 넘치는 글씨들, 오래전부터 폐쇄되어 을씨년스러운 작은 놀이터들. 내년이면 모두 사라질 이 소박한 풍경들을. 시장에 오는 날에는 가끔 들러서 살펴봐야지. 멀리 가는 것도 아니니까.

이 집은 부모님과 서울을 떠나 처음으로 사랑하는 사람과 살게 된 곳이었다. 춥고 더웠지만, 더 춥고 더운 밖을 피해 들어올 곳이 있다는 게 얼마나 다행이었는지. 집에도 동네에도 내내 불만이 많았지만 사실은 우리가 가진 적은 전세금으로 얻을 수 있는 최상의 집이었다. 게다가 몇 년이나 군소리 없이 머물게 해주었다. 어떤 미래가 있을지 아직 모르지만 우리를 한발 나아가게 도와준 것 역시 이 집이다.

이렇게 부서질 때까지 살 줄 알았으면 못이라도 마음껏 박을 걸 그랬지. 많은 추억을 안겨준 집에게 마음속으로 인사를 건넨다.

"고마웠어, 그동안"

내가 자른
내 머리

우리 집의 남다른 생활방식 중 하나는 각자 집에서 머리카락을 자른다는 것이다. 항상 그러지는 않지만 웬만하면 그렇게 한다.

룸메는 머리가 아주 짧아서 어려울 것이 없다. 데이트를 하던 시절에 짧은 헤어스타일을 정해서 깎기 시작했는데, 몇 번 미용실에 가더니 이발기(바리깡)가 있으면 좋겠다고 해서 생일선물로 사주었다. 그것으로 거의 10년이 지난 지금까지 계속 스스로 머리를 자르고 있다. 그냥 이발기로 머리 전체를 밀면 된다. 이발기에 달린 9mm 깍지와 6mm 깍지를 취향에 따라 바꾸어 끼며 길이를 조절할 뿐이다. 너무너무 귀찮을 때 한두 번 미용실에 가서 자른 적이 있지만 거의 늘 스스로 해오고 있다. 도움이 좀 필요한 순간도 있는데, 룸메가 머리를 골고루 다 민 다음 부르면 나는 가서 빼먹은 곳은 없는지, 고르게 잘 잘라졌는지 봐준다. 어쩌다 안테나처럼 혼자 쑥 올라온 머리카락이 있을 때가 있어서 나름대로 매의 눈으로 살펴본다. 혼자 말끔히 밀기 어려운 뒷목과 귀 뒤쪽은 내가 살짝살짝 더 밀어주기도 한다.

　　　　　◂

　내가 스스로 머리를 자르게 된 건 그리 오래되지 않았다. 룸메처럼 거의 삭발에 가까운 짧은 머리가 아닌 이상 긴 머리를 직접 자르기는 쉽지 않다. 어느 날 MBC 예능 프로그램 〈라디오 스타〉에 배우 김부선 씨가 나와 자기가 직접 머리를 잘랐다는 말을 스치듯 한 걸 보고 셀프 헤어커트 정보를 찾아보기로 했다. 유튜

　　　　　　　　　　대체로 가난해서

브에는 이미 많은 정보가 올라와 있었다. 나는 그중에서 현직 헤어디자이너가 올린 영상을 보고 따라 해보았다.

허리를 잔뜩 숙여 머리칼을 모은 다음 이마 라인 가까이를 고무줄로 묶고, 그대로 내려와 고무줄 하나를 더 묶은 뒤 두 번째 고무줄 바로 밑을 한꺼번에 싹둑 자르면 된다. 그러면 머리통의 굴곡에 따라 머리가 자연스럽게 층이 져서 잘리게 된다. 자른 부분이 좀 더 자연스러워 보이도록 가위를 사선으로 세워 좀 다듬어주거나 숱가위로 다듬으면 끝. 이 방법의 문제는 한 가지 모양으로밖에 자를 수 없다는 점이다. 만약 층이 안 나게 하려면 머리를 똑바로 들고 잘라야 하는데 그건 혼자서는 못 하고 남이 해줘야 한다. 혼자 머리를 자르는 한 계속해서 층이 날 수밖에 없었다. 최근에는 조금씩 층이 덜 나게 해보려고 나름대로 잔머리를 굴려 고무줄 묶는 지점을 뒤로 슬금슬금 옮겨왔다. 그러다가…… 일이 났다.

좀 뒤쪽으로 묶어서 자르자니 혼자 하기가 힘들어서 룸메한테 묶은 부분을 싹둑 잘라달라고 부탁했다.

룸메는 열심히 잘라줬는데 자르고 나니 이게 웬일, 머리가 쥐 파먹은 것처럼 이상해진 것이다! 가위 자국이 엄청 많이 나고 층도 아주 이상하게 만들어져 있었다. 아이고, 역시 유튜브에서 시키는 대로만 했어야 하는데 혼자 마음대로 하다가 이렇게 됐구나. 웃긴 머리를 한 나를 보며 룸메는 어쩔 줄 몰라 했다.

"나는 네가 시킨 대로만 했어!"
"으하하, 이거 어떡하지?"
"지금 미용실에 가. 이건 가야 돼."
"안 돼, 너무 창피해. 어떻게 설명해? 가면 엄청 무시당할 것 같단 말야."
"그럼 어쩌려고. 안 돼. 미용실 가야 돼!"

결국 며칠이 지나서도 나는 미용실에 가지 않았다. 그냥 뒤로 묶어버리면 이상한 점이 잘 보이지도 않고 크게 신경 쓰이지 않았다. 게다가 지금은 코로나 시대가 아닌가. 사람을 만날 일도 나갈 일도 없어서 외모에 딱히 신경을 안 써도 됐다. 그래도 속으로는 내심 마음

대체로 가난해서

에 걸렸던 모양인지 어느 날 밤에는 미용실에 가는 꿈을 꾸었다. 미용실 의자에 앉아 있는데 내 머리를 살피던 미용사가 말했다.

"어머, 언니! 염색을 마음대로 한 것 같은데 그게 참 자연스럽게 나왔네. 이런 색은 일부러 만들기도 힘들어."

칭찬이었다. 미용실은 늘 긴장되는 곳인데, 꿈에서는 기분이 나쁘지 않았다.

난 미용실 가는 걸 좋아하지 않는다. '싫어한다'나 '꺼린다'까지는 아니지만 그리 즐겨 가지 않는다. 몇 가지 이유가 있는데, 우선 미용실에서 강권당했던 기억들이 좋지 않게 남았다. 지금보다 더 돈이 없던 대학생 시절, 그러니까 한 20년 전쯤의 일이다. 쿠폰이었나 카드 할인이었나, 하여튼 질 좋은 시술을 저렴하게 해준다고 해서 방문한 이대 앞 미용실에서는 상한 머릿결과 약의 성분 등등을 이유로 부르는 값이 점점 높아졌고 나는 거의 20만 원이 되는 돈을 주고 매직펌을 했다. 일단 미용실 의자에 앉고 나서 설명을 듣다 보면 하려고 했던 시술을 취소하기가 힘들다. 미용사 눈치를 보며 "네……. 그렇게 해주세요" 하게 된다. 그날 말고도 그동안 여러 미용실에서 얼마나 많은 영양(테라피) 시술을 권유받았던가. 미용실에 가면 듣는 단골 멘트, "어머, 머릿결이 너무 상했어요. 이거 안 돼." 그 말을 들으면 나는 그 사람 앞에서 벌거벗은 양 부끄럽고 민망해졌다. 게다가 미용실 의자에 앉았을 때 거울에 비친 내 얼굴은 어쩜 그렇게 유달리 못생겼는지. 이상하게도 미용실만 가면 자존감이 지하로 파고들어간다. 아마 내가 똑 부러지지 못하고 소심해서 그런 거겠지. 다른 사람들은 잘 거절하겠지?

미용실이 불편한 또 한 가지 이유는 바로 특유의 스몰토크다. 미용 시술을 받는 시간은 짧으면 30분, 길면 4시간이 넘을 때도 있는데 그동안 미용사의 성향에 따라 이야기를 나누게 된다. 나는 처음 만난, 혹은 아주 오랜만에 잠깐 만난 사람과 정답게 나눌 마땅한 말을 못 찾는 경우가 많다. 시술해주시는 분들도 손님과 말하고 싶지 않을 때가 있을 텐데 의무감에 말을 건네

시는 것 같기도 하다. 손도 바쁘고 일도 많은데 나라면 이야기를 안 하고 싶은 날이 더 많을 것 같다. 어쨌든 그런 눈치 보기가 다소 불편하여 미용실에는 가급적 책을 가져가서 읽는다. 평소보다 더 집중해서 열심히 읽는다.

집에서 머리를 자르면서부터 이런 고민을 덜하게 되어 좋았다. 돌이켜보면 나는 어린 시절, 아니 제법 자란 고등학교 때까지도 집에서 엄마가 머리를 잘라주셨다. 머리를 잘라야겠다고 결심하고 나면 준비물을 챙긴다. 의자, 집에서 제일 잘 드는 가위, 매끈한 보자기, 물이 담긴 분무기, 빗, 자른 머리칼을 정리할 빗자루와 걸레. 분무기로 살짝 머리에 물기를 주고, 가장자리부터 머리카락이 잘려나가는 사각사각 가위질 소리를 듣다 보면 잠이 솔솔 오는 날도, 엄마가 너무 많이 잘라버릴까 봐 조마조마한 날도 있었다. 그때는 특별한 미용 기술 없이 그저 긴 머리를 똑바로 자르기만 하면 됐다.

망친 머리를 한 채 부모님 댁에 간 날, 나는 가방에서 헤어커트 전용 가위 두 개를 꺼냈다. 하나는 일반 가위이고, 하나는 숱가위다.

"엄마, 나 머리 잘라주세요."

엄마는 묶여 있던 내 머리를 풀어보시고는,

"어디서 이렇게 엉망으로 잘라왔어?"

하고 마치 미용실 직원처럼 말씀하셨다. 어렸을 때처럼 엄마는 나를 식탁 의자에 앉히고 보자기를 둘린 채 사각사각 서걱서걱 머리를 잘라주셨다. 기분이 좋았다.

"엄마, 옛날엔 이렇게 많이 잘랐잖아."
"응. 그랬지."

대체로 가난해서

엄마의 짤막한 대답 속에서 아련함이 묻어났다.

어렸을 때처럼 똑바로 정직하게 잘린 머리칼이 어깨 근처에서 나풀거렸다. 한껏 가벼웠고 유독 부드러웠다. 엄마는 깡총하게 묶은 머리꽁지를 보시며, "누구 솜씨인지 참 잘 잘랐네!" 하셨다.

이번에 머리를 망친 건 참 잘한 일이었다.

도무지 닦을 수
없는 바닥

룸메와 처음 같이 살게 된 집은 5층짜리 낡은 빌라였
다. 그 집에 들어갈 때 집주인이 도배는 새로 해주었지
만 바닥은 해줄 수 없다고 했다. 바닥에는 평범한 나무
무늬 장판이 깔려 있었는데 오래된 바닥이라 이전 세
입자가 쓰던 가구의 흔적과 함께 여기저기 움푹 파인
곳도 여러 군데 있었다. 장판을 새로 까는 가격을 알아
보니 70만 원이라고 했다. 당시에는 집이 금방이라도
재건축될 것 같아 그렇게 많은 돈을 들여 바닥 장판을
새로 까는 게 사치로 느껴졌다. 그래서 바닥은 그대로

대체로 가난해서

쓰고 도배만 하고 들어온 것이다. 6년도 넘게 살 줄 알았으면 그때 싸구려 장판이라도 깔았어야 했는데.

우리가 나눈 가사노동에서 청소는 룸메의 몫이었다. 그런데 바닥의 청소 상태는 늘 마음에 들지 않았다. 내가 보기에 룸메는 청소를 자주 하지도, 열심히 하지도 않았다. 아마 가끔은 잔소리도 했을 것이다. 그가 억울한 표정으로 "아무리 해도 깨끗해지지가 않아!"라고 외치기 전까지는.

그때 알게 됐다. 싸구려에다 오래되기까지 한 장판은 아무리 청소를 해도 깨끗하지 않는다는 걸. 가난한 살림이 더러워 보이는 건 꼭 게을러서가 아니라는 걸. 룸메는 땀을 뻘뻘 흘릴 정도로 열심히 바닥을 닦았지만 여전히 더러워 보였다. 바닥뿐만이 아니었다. 부엌의 벽과 싱크대 사이에 틈새가 너무 좁아 청소를 전혀 할 수 없는 공간이 있었는데, 이전 세입자 혹은 그 이전 세입자부터 차곡차곡 쌓인 먼지와 때가 잔뜩 낀 그곳은 너무 더러워서 쳐다보기도 싫었다. 나는 그리 깔끔 떠는 타입이 아닌데도 집에 그런 구석이 있다는 걸

참기가 힘들었다. 나무로 만들어진 화장실 문은 계속해서 물기가 닿으니 페인트가 벗겨지고 나무가 썩어갔다. 화장실이 워낙 좁아서 물방울이 튀지 않게 샤워나 청소를 하는 건 불가능했다. 문을 통째로 갈지 않는 한 해결할 수 없는 문제였다.

'좁고 더러운 집'. 내 마음속에서 우리 집이 그랬다. 그래서인지 쉽게 누굴 부르지도 않았다. 친구들과 오순도순 홈파티를 하기에는 우리가 사는 모습이 구차했다. 누가 오더라도 앉을 자리조차 마땅치 않았다. 어쩌다 짐을 가져다주러 오신 부모님은 여유 공간이 없는 집이 불편하셨는지 커피도 급하게 후루룩 마시고 쫓기듯 일어나셨다.

그러다가 마침내 그 집이 무너지게 되어(지금 그 빌라는 흔적도 없이 사라졌다) 지금의 집으로 이사를 왔다. 30년 된 소형 아파트이지만 깨끗하게 수리된 곳으로, 바닥은 흰색 톤의 나무 무늬 패널이었다. 흰색은 때가 빨리 탈 것 같아서 처음에는 좀 망설였는데 전체 톤이 밝으니 집이 시원하고 넓어 보이는 효과가 있었다.

이사 후 내가 놀란 것은 룸메의 달라진 모습이었

다. 그는 바닥에 뭐가 흐르거나 묻으면 재빨리 닦아냈다. 바닥 좀 깨끗하게 쓰라며 나에게 잔소리를 했다. 우리는 예전부터 집에서 슬리퍼를 신어 바닥 청결에 예민하지 않은 편인데도 그랬다. 심지어 어떻게 하면 더 속 시원하게 바닥 청소를 할지 고민하다 스팀 청소기도 샀다(저렴한 샤오미 스팀 청소기를 샀는데, 좀 힘들어서 그렇지 좋긴 하더라. 바닥이 뽀송하게 닦인다). '청소를 해서 깨끗해질 수 있다는 게 이런 거구나' 싶었다. 애초에 싸구려 장판은 청소도 쉽지 않은 거였다.

설레지 않으면 버리라며 미니멀리즘 열풍이 불던 때 나도 미니멀한 살림을 부러워했다. 군더더기 하나, 굴러다니는 물건 하나 없이 깔끔하게 정리된 거실과 방, 윤이 나도록 깨끗한 주방. 고요와 말끔의 사이에서 알맞게 내린 커피를 한 잔 마시며, 시를 한 구절 읽고 싶었다. TV 속에 나오는 연예인의 집은 우리 집과는 비교가 안 될 정도로 넓고 호화로우며 지금 막 대청소를 마친 것처럼 깨끗했다. 살림 팁을 알려주는 블로그와 잡지, 인스타그램 속 집들도 대부분 그런 모습이어서 스마트폰을 들여다보다가 고개를 들어 내 집을 보면 절로 한숨이 나왔다.

식탁에는 입가심으로 집어먹는 과자와 사탕, 건강이 불안해서 종종 챙겨 먹는 각종 영양제와 약, 1층이라 올라오는 하수구 냄새를 가리기 위한 에센셜 오일과 인센스 스틱, 수시로 사용하게 되는 마른 티슈와 물티슈까지 잡다한 물건들이 올라가 있다. 부엌에는 물기를 말리기 위해 엎어놓은 그릇들이 수북이 쌓여 있고, 내 방은 온갖 책과 서류들, 집게와 펜 따위로 늘 어지럽다.

처음에는 이것이 오직 성격과 성향의 문제라고 생각했다. 나는 게을러서 미니멀리즘은 통 못 하겠다고 손사래를 쳤다. 그런데 미니멀리즘처럼 보였던 사진 속 집들을 자세히 보면 구석구석 빼곡히 짜 넣은 수납장들이 있었다. 어떤 때는 벽인 척하고 있는 그 네모반듯하고 매끈한 장들은 너저분해 보일 수 있는 모든 물건을 차곡차곡 품어주는 용도였다. 개인적인 추측이

대체로 가난해서

지만 미니멀하게 보이는 집들 중 실제로 미니멀리즘이 아닌 경우가 많을 거라는 생각이 들었다. 애초에 미니멀리즘은 최소한의 물건만 가진 채 삶을 단순하게 경영하는 방식을 말한다. 사람이 살아가기 위해서는 일정 분량 이상의 물건들이 필요하다. 집에서 주생활을 하지 않거나 요리를 해 먹지 않는다면 어느 정도 생략될 수 있겠지만 주로 집에서 대부분의 시간을 머무를 경우 편리하게 지내기 위해 많은 물건을 갖추게 된다. 가족 구성원이 늘어날수록 자연스럽게 더 넓은 집이 필요해지는 것도 그 때문이다.

TV에는 말끔한 집들이 많이 나오지만 가끔 지저분한 집도 볼 수 있다. 주로 다큐멘터리나 뉴스 보도 영상들에서다. 그런 집들은 대부분 저소득층의 집이기 때문에 그 장면을 본 사람들은 가난하면 정리도 못하고 더럽고 너저분하다고 생각할 수 있다. 사용한 물건을 제자리에 놓으면 정리가 될 텐데 그걸 안 해서 너저분하니 역시 게으름의 결과라고 생각하기 쉽지만, 나는 이것을 수납 시스템의 문제라고 본다. 모든 물건에게 자리를 찾아주려면 일단 '자리'가 존재해야 하는데 애초에 집안에 여유 자리가 없다. 자리가 왜 없을까? 수납장이 없다. 수납장이 왜 없나? 그걸 놓을 공간이 없다. 결국 부동산의 문제로 연결되는 것이다.

내가 가장 많이 가진 물건인 책을 예로 들어보자. 업무를 위해 많은 책이 필요하기도 하고 오로지 소장을 위해 갖고 있는 책도 있다. 마음 같아서는 좋아하는 모든 책을 다 갖고 싶지만 주기적으로 책장을 정리해 책을 처분해야 한다. 둘 공간이 없기 때문이다. 책을 계속해서 팔고 버려야 그나마 정돈된 상태를 유지할 수 있다. 지금도 최근에 들여온 신간들은 꽂을 자리가 없어서 방바닥에 세 줄로 쌓여 있다. 집에는 더 이상 책장이 들어설 곳이 없다.

한국에서 가장 비싼 항목이 부동산임을 고려할 때 이 자발적인 공간 낭비는 무척 어리석은 행동이지만 쉽사리 고쳐지지 않는다. 책들은 나에게 편리함을 주고 평안함을 주고 재미를 준다. 책은 일이며 취미이며 사랑이다. 전자책이 존재한다는 걸 알지만 나에게는 만지고 펼쳐보는 종이책이 훨씬 더 중요하다. 만약 가진 책을 전부 전자책으로 만들어 소장한다면? 방은 깔끔해지겠지만 나는 허전함을 넘어 우울해질지도 모른다. 너저분할지라도 어떤 인간들에게는 자기만의 물건이 꼭 필요하다.

겉보기에 더럽고 너저분하다고 손가락질하기 전에, 혹은 너무 빨리 판단해버리기 전에 조금만 더 넓은 마음으로 생각해주면 어떨까? 더러워서 가난한 것도, 가난해서 더러운 것도 아니고 더러워 보일 수밖에 없는, 그런 어쩔 수 없는 일들이 세상에 있다는 걸 알게 된 마흔 언저리였다.

2장

이따금
포기하는 것들

취향이
뭐길래

조심스럽게 말을 꺼내보자면, 책도 영화도 물건도 많이 팔리는 것들을 조금 싫어했다. 서점의 베스트셀러들은 빌려 읽거나 대충 훑어보고, SNS에서 생각이 통한다고 여기는 누군가가 추천하는 책은 열심히 사서 쟁여놨다(아직도 다 못 읽은 책이 많다). 영화도 제일 큰 관에서 상영하는 것보다는 제일 작은 관에서 혹은 소규모 예술극장에서 드물게 상영하는 것들 위주로 봤다. 홍대 근처에 살던 때에는 주말마다 여기저기서 플리마켓이 많이 열렸는데 그런 곳에서 파는, 출처는 잘 모르지만 디자인이 마음에 드는 물건들을 '발견'하면 기뻤다. 마치 나만을 위해 존재하는 물건처럼 느껴졌다.

이런 내 취향을 '비주류'라고 말할 수도 있지만 한편으로는 그저 '많이 팔리는' 것들을 싫어했을 뿐인지도 모른다. 그냥 남들과 똑같은 게 싫어서 다른 걸 선택하는 사람도 있으니까. 어쩌면 이런 꼬인 심사는 '진짜 취향'이 없는 데서 온 것일 수도 있겠다고 지금은 생각한다. 자기만의 취향과 안목은 오랜 시간 동안 많은 시행착오를 거쳐야 확립할 수 있는 것이다. 일정 수준을 갖춘 물건들을 많이 가져보고 사용해봐야 내가 뭘 좋아하고 뭘 싫어하는지, 이건 왜 좋고 저건 왜 싫은지 알 수 있으니까. 이런 경험을 어렸을 때부터 해봐야 성인이 되어서 취향이 확립된다. 그러니까, 어렸을 때 '선택'을 못하는 삶을 살다 보면 이렇게 몰취향의 인간이 되는 건지도.

초등학교, 중학교, 고등학교 때에는 집 전체가 쪼

대체로 가난해서

들려서 늘 용돈이 부족했다. 부모님은 할머니를 모시고 살면서 삼촌, 고모들이 어려울 때마다 도와줘야 했고, 운영하던 가게도 결국엔 망했으며, 우리가 크면서 점점 더 돈 들어갈 일이 많이 생겼다. 초등학생 시절 친구네 집에 가면 비디오를 빌려서 재밌게 보곤 했는데 우리 집엔 비디오 플레이어가 없었다. 삐삐도 사용해보지 못했다. 친구들이 전부 삐삐를 갖고 다닐 때에도 나는 갖지 못했다. 대학에 가서 처음 산 은색의 작은 폴더폰이 내가 가진 최초의 휴대용 통신기기였다. 옷은 대부분 언니의 것을 물려 입었다. 성인이 되기 전까지 내가 '골라서' 산 옷은 지금도 손에 꼽을 수 있을 정도로 적었다.

다만 내가 가질 수 있는 선택지가 딱 하나 있었는데, 바로 책에 관한 것이었다. 학교 도서관이나 지역 도서관은 얼마든지 무료로 이용할 수 있었고 몇 시간이고 실컷 틀어박혀 있어도 괜찮았다. 그 안에서 나는 뭘 읽을지 '선택'할 수 있었다.

할머니가 고모네 아이들을 봐주러 매일 다니셨기 때문에 나도 학교가 끝나면 고모네 집에 자주 갔다. 중

학교 국어 교사인 고모네 집에는 학교 도서관에서 보기 힘든 책들이 많았다. 특히 〈교과서에 나오지 않는 소설/산문〉 시리즈(푸른나무)는 좌파 사상을 처음으로 내게 가르쳐주었다(〈장마〉, 〈순이 삼촌〉, 〈오발탄〉, 〈난쟁이가 쏘아 올린 작은 공〉 등이 수록되어 있었다). 〈독서평설〉이나 《태백산맥》, 무라카미 하루키와 베르나르 베르베르의 소설도 고모네 집에서 처음 읽었다. 조금만 흥미가 당기면 뭐든 닥치는 대로 읽던 시기였다.

대학 때 과외와 학원 강사 아르바이트를 하며 학비와 용돈을 벌기 시작했는데 그 시기에 약간이나마 취향이라는 것이 싹틀 수 있지 않았나 싶다. 학자금 대출도 있었고 용돈은 여전히 부족했지만, 그래도 조금씩 몇 가지 쇼핑을 시작했다. 마음에 들어 산 옷인데 자주 입지 못한 경우도 있고 처음엔 별로라고 생각했던 디자인을 나중에 달리 보게 된 적도 있었다.

부모님과 함께 살며 출판사에 다니던 때는 용돈이

부족하지 않았다. 부모님도 빚을 많이 갚은 뒤 조금씩 여유가 생기셨고, 나는 자유롭게 친구들을 만나 맛있는 식사를 하고 가끔 마음에 드는 옷이나 액세서리를 구매했다(그래봤자 대부분 보세였지만).

언니가 결혼을 준비하던 어느 날, 좋은 옷을 사준다고 나를 백화점에 데려갔다. 몇십만 원짜리 재킷을 입으며 가슴이 두근거렸다. 벅차서가 아니었다. '내가 이렇게 비싼 옷을 입어도 될까?', '아무리 형부가 사준다고 해도 옷에다 이렇게 큰돈을 써도 되는 걸까?' 하는 불안한 마음이었다.

이 마음은 내가 결혼할 때 또 한 번 고스란히 느껴야 했다. 우리는 예단과 혼수 등의 불필요한 지출을 최대한 생략했지만 서로에게 좋은 옷 하나씩은 사주기로 했다. 여기저기 인사드릴 일도 참여해야 할 모임도 많아질 텐데, 둘 다 번듯하게 차려입을 만한 옷이 거의 없었기 때문이다. 마침 겨울이어서 서로 질과 디자인이 마음에 드는 코트를 하나씩 샀다. 그리고 나는 심플한 검은색 원피스를, 룸메는 편한 구두를 장만했다. 예복용이라기보다는 평상시에 '신경 써서 입었다'는 인상을 줄 만한 것으로 골랐다. 지금도 겨울이면 이런저런 행사 때마다 입고 다니며 잘 활용하고 있다. 둘이 다리가 아프도록 백화점을 돌며 신중하게 쇼핑을 하고, 양손에 쇼핑백을 들고 거리로 나왔을 때의 묘한 설렘과 불안을 아직 기억한다. 그날도 이런 말을 했다.

"나는 이렇게 비싼 옷 입을 그릇이 못 되나 봐. 꼭 죄지은 것 같아."

출판 일을 하니까 책을 읽고 사 모으는 일 외에도 책과 관련된 여러 가지 물건을 많이 쓰게 된다. 편집자들은 책이 나오기 전에 인쇄물로 여러 번 교정 작업을 하는데, 보통 빨간색이나 파란색 펜으로 수정할 사항들을 표시한다. 그러니까 편집자라면 누구나 빨간 펜, 파란 펜을 일상적으로 쓴다. 어떤 편집자는 특정 브랜드의 특정 펜만 사용하고, 서로 교정용으로 좋은 펜을 추천해주기도 한다. 한창 일본 제품 불매 운동이 일어

대체로 가난해서

났을 때 어떤 친구들은 애용하는 일본산 빨간 펜을 사기가 눈치 보인다며 슬퍼했다.

필기구에 있어 내 동경의 한 자락에는 만년필이 있다. 만년필을 사용하는 사람들은 왜, 어떤 이유로 그 펜을 쓰게 됐을까? 선물을 받은 걸까? 아니면 자신의 취향을 따라서 그 펜을 찾아낸 걸까? 어떤 만년필은 아주 비싸다는데 대체 왜 그렇게 비싼 것이며, 그 값어치를 어떻게 증명하는 걸까? 그저 기분 내기용인 걸까?

만년필을 쓰는 사람들은 꼭 웃옷 안주머니 혹은 세련되고 매끈한 필통에 만년필을 넣어 다니다가, 펜이 필요한 순간에 샥 꺼내서 발레 동작처럼 우아한 손짓으로 멋들어진 글씨를 썼다. 드라마 속에서 중요한 계약을 하는 주인공들도 꼭 비싸 보이는 만년필로 슥슥 서명을 하지 않던가. 누가 만년필을 써보라고 빌려주면 펜촉을 어느 방향으로 두어야 하는지도 매번 헷갈리는 나는 아직 이유도 모른 채 만년필을 동경만 하고 있다(최근에는 다이소에서도 만년필을 파는데, 그걸 사고 싶지는 않았다).

책과 종이를 다루는 직업을 가졌으니 이왕이면 손

에 익은 한 가지 펜만 사용하는 고집스럽고 좁은 취향이 있으면 좋겠지만, 아쉽게도 나는 잘 나오고 잘 마르기만 하면 아무거나 군소리 없이 쓰는 쪽이다. 잉크펜이든 볼펜이든 상관없다.

가끔 취미로 그림을 그리는데, 화구의 세계도 엄청나다. 물감 중에서도 가장 널리 알려진 수채화 물감부터 아크릴, 구아슈, 유화, 한국화 등등 다양한 카테고리가 있고, 각각의 카테고리에는 또 아동용부터 전문가용까지 질의 스펙트럼이 다양하다. 당연히 가격대 또한 천차만별이다. 그중에서 나는 어떤 걸 쓰냐 하면, 보이는 대로 잡히는 대로 쓴다.

홍대 근처에 살 때는 외출했다가 잠깐 시간이 나면 들르는 곳이 서점 아니면 화방이었다. 혼자 슬렁슬렁 산책하듯 호미화방에 가면 그날그날 할인하는 아이템이 출입문 근처에 놓여 있었다. 아마도 사용기한이 임박해 빨리 처분하지 않으면 곤란한 재고들로 보였다. 할인 코너에서 파는 아크릴 물감들을 하나씩 사 모으기 시작했다. 가끔 어떤 건 너무 오래되어 오일이 분리되기도 했지만 팔레트에 올려 붓으로 잘 섞으면 별

문제 없어 보였다. 그렇다고 딸이 물감만 사는 건 아니다. 흰색이나 검은색처럼 필수적인 색들은 용량이 큰 것을 구비했고 꼭 사고 싶은 색은 적당한 브랜드 적당한 가격의 물감을 낱개로 샀다. 모든 색을 다 모으지는 못했지만 내가 가진 색들 안에서 적당히 골라 쓰는 편이다. 스케치를 하고 물감을 슥슥 바른다. 종이나 캔버스를 쓸 때도 있고 나무 상자나 플라스틱 도구를 칠하기도, 자투리 천에 그림을 그리기도 한다. 남이 보기엔 궁상맞아 보일 수 있겠으나 어차피 취미니까 색깔만 마음에 들면 크게 상관없다.

결혼을 한 뒤 살림을 꾸려나가면서 내 취향이 조금씩 생겨났다. 새로 살림을 차리는 상황에서는 대부분의 물건을 새로 사야 하기 때문에 고를 여지가 많았기 때문이다. 벽지, 믹서, 그릇, 오븐용 장갑, 냉장고, 식탁, 세탁기, 책장, 액자, 청소도구, 이불 등등. 수많은 물건을 찾고, 그중에서 가장 마음에 드는 하나를 고르는 과정을 반복하며 취향이 만들어지는 것 같았다.

아직도 내 취향은 확립되지 않았다(애초에 취향이란 '확립'될 수 없는 것일지도 모른다). 하지만 선택을 거의 겪을 수 없었던 어린 시절과 학창 시절보다는 취향이 생겼다. 결혼 후 옷 쇼핑은 거의 하지 않았지만(다들 그렇게 된다고 하던데 나도 그렇게 됐다), 지금 옷을 고르라면 이전보다는 더 취향이 반영된 선택을 할 수 있을 것 같다.

유일하게 어려서부터 취향이 있었던 책에 관해서는, 점점 더 명확해지고 있다. 업무상 필요에 의해 산 책도 많고 근무하던 출판사에서 받은 책, 친구들이 준 책도 아직 많이 갖고 있다. 또 그저 마음 내키는 대로 산 책도 많다. 결혼과 이사를 하며 우르르, 책장을 치우며 또 우르르 책들을 정리했다. 앞으로 안 볼 것 같은 책은 가끔씩 솎아내고 있다.

책은 나의 관심사가 어디에서 어디로 옮겨가는지 보여준다. 또한 내가 과거에 머물지, 미래로 나아갈지도 알려준다. 앞으로의 작업에 필요한 책들은 더 사거나 남겨두고 이미 과거의 것이 된 책들은 깊은 곳에 두

대체로 가난해서

거나 처분한다. 나의 책장을 다시 한번 가만히 살펴본다. 책을 통해 취향을 배운다. 그토록 궁금해했던, 취향이란 바로 '나'였다. 나의 현재를 눈에 보이고 손에 잡히도록 나타내주는 무엇이었다. 이 몰취향의 인간이 그래도 한 가지 취향이라도 가질 수 있어서 다행이다.

생크림케이크
좋아하세요?

어릴 때는 어떻게 생일을 축하했더라? 기억하기로는 매년 나와 가족, 친구들의 생일을 다이어리에 꼼꼼히 적어 표시하고 그날이 되면 선물을 고르거나, 축하 파티를 열거나 참석하거나, 생일 카드 등을 써서 준비했다. 시간이 흘러 다이어리를 스마트폰이 대체하게 됐는데, 그 과정에서 싸이월드 미니홈피가 꼬박꼬박 알려주던 친구들의 생일을 이제는 페이스북과 카카오톡이 알려준다. 그마저도 화면을 자주 들여다보지 않으면 모르고 지나가기 일쑤다. 그렇다고 해서 안타까워

대체로 가난해서

하며 친구들의 생일을 스케줄러에 일일이 입력해두는 일은 없다. 매체가 변한 이유도 있지만, 아마 예전보다 생일이 중요하지 않아졌기 때문일 것이다.

　매년 먹는 나이, 매년 돌아오는 생일. 누군가는 매번 마지막 생일인 것처럼 의미 있게 보내겠지만, 난 그렇지 않다. 해마다 생일을 놓치지 않고 챙기기에는 신경 써야 할 다른 일들이 더 늘어나버렸다. 내 생일보다는 룸메의 생일을, 룸메의 생일보다는 우리 부모님이나 시어른들의 생신을, 또 그보다는 설이나 추석 등의 명절을, 사실 그보다도 진행 중인 외주 작업의 마감을 가장 먼저 챙겨야 하는 삶이 되어버렸기 때문이다. 생일이 유일한 개인적 잔칫날이었던 어린 시절과는 달리 중요한 날이 너무너무 많아졌다. 내 세계가 확장되어서라고, 소중한 사람들이 늘어나고 책임질 일들이 생겼다는 뜻이라며 기분이 좋아야 할까? 어느 쪽이 맞는지 잘 모르겠다. 다만 최근 몇 년의 나는 누군가 갑자기 나이를 물어오면 '가만, 내가 몇 살이더라?' 하고 몇 초 동안 생각하곤 한다.

아침에 룸메가 카톡으로 이미지 하나를 보내왔다. 모 프랜차이즈 제과점의 기프티콘이다. 생크림케이크 하나를 받을 수 있는 거였는데, 친구가 자기는 생크림 케이크를 싫어한다며 몇 달 전에 룸메에게 주었다고 했다. 그 기프티콘의 기한이 바로 오늘까지다. 히야, 그리고 내일은 내 생일이다. 이걸로 생일 케이크를 마련하면 되겠군! 우리 둘의 자연스러운 결론이었다. 하루 일찍 사서 묵히면 맛이 떨어진다거나 기분이 덜 난 다거나, 그런 건 별로 중요하지 않다. 생일에 맞추어 공짜 케이크가 생겼으니 그저 감사하고 누리면 된다. 그리고 어차피, 제과점에서는 케이크를 매일 교체하지 도 않는다. 케이크는 당일 한정 판매 상품이 아니니까.

해당 제과점에 가서 기프티콘을 보여주니, 해당 제 품이 지금 없으니 가격에 상응하는 다른 상품을 고르 라고 한다. 한참을 고민하다가 작은 레드벨벳케이크 와 토스트용 식빵 한 봉지를 골랐다. 기프티콘 금액보 다 500원이 넘쳐서 그것만 결제했다. 달콤한 케이크를 샀으니 다른 빵을 사면 별로 기쁘게 먹지 않을 것 같았고, 식빵이야 냉동실에 두었다가 토스트를 하든 샌드위치를 만들어 먹든 이리저리 활용할 수 있다. 그런데 이 쿠폰을 준 친구는 생크림케이크가 아닌 다른 빵을 고를 수 있다는 걸 몰랐을까? 알았다면 이걸 우리에게 주었을까? 어쨌든 덕분에 고맙게 쓴다. 그런 생각을 하며 빵집을 나섰다.

돌아오는 길에는 마트에 들러 우유와 라면을 샀다. 계산대로 가려는데 반값 세일하는 두루마리 휴지가 보여서 집어들었다. 마침 집에 휴지가 딱 한 롤밖에 안 남아서 사려던 참이다. 어깨에는 장바구니를, 왼손에는 케이크, 오른손엔 두루마리 휴지 30롤 팩을 들고 돌아왔다. 케이크 상자는 아무리 작아도 들기에 번거롭다. 최대한 균형을 맞추어 들려고 노력했다.

10년도 더 전의 일이다. 동네 제과점에 엄마, 언니와 함께 가서 커다란 생크림케이크를 샀다. 그런데 들고 돌아가는 길에 수평을 못 맞추었는지, 제대로 고정이 되지 않았던 것인지 케이크가 상자 안에서 기울어졌고, 마침 크고 무거운 케이크여서 약한 종이 상자의 손잡이가 부러졌다. '아차!' 하는 순간, 케이크 상자는 거의 땅에 처박혀버렸다. 급하게 케이크 상자를 열어보니, 이미 찌그러져 있어 우리는 모두 울상이 됐다.

그 일이 제과점에서 몇 미터 못 가 벌어졌기 때문에 되돌아가 빵집 주인에게 케이크를 보여주었다. 당연히 바꿔달라는 뜻은 아니었지만 그냥 돌아가기에는 너무 억울하기도 하고 손잡이가 떨어져 계속 들고 가기에도 어려움이 있었다(이런 엉망인 빵 덩어리로 무슨 축하를 한단 말인가!). 사장 겸 제빵사는 우리를 안타깝게 쳐다보더니 최선을 다해 모양을 가다듬어주었다. 상자가 부실했던 탓도 어느 정도 있다고 생각했나 보다. 돌아갈 때 그가 "이번엔 좀 더 단단히 고정했어요"라고 말했던 기억이 난다. 어쨌든 그 정도의 조치만으로도 감사하며 집으로 돌아왔다. 이번에는 상자를 고이고이 가슴에 안아들었음은 물론이다. 그때 엉망으로 찌부러진 생크림 범벅의 빵 덩어리가 시각적 충격으로 다가

왔는지, 그다음부터 나는 케이크를 사서 들고 갈 때면 늘 수평과 위치, 손잡이의 견고함을 확인한다.

그 커다란 케이크는 무슨 일로 샀던 걸까? 도무지 기억이 안 난다. 웬만해선 그렇게 큰 케이크를 사지는 않는데 왜 그렇게 큰 걸 골랐을까? 엄마와 내 생일이 겹쳤던 해였을까? 아니면 초대된 손님이 여럿 있었을까? 손이 시렸던 기억으로 봐서는 겨울인데, 혹시 크리스마스 케이크였을까? 이번 내 생일은 엄마 생신과 3일밖에 차이가 나지 않는다. 이번 주말에 가족들과 저녁을 먹기로 했는데 그때 물어봐야겠다. 다른 사람들은 그 일을 기억할까? 내가 어렸을 때 기억을 들추어 말하면 언니나 엄마는 보통 기억을 못 한다. 엄마는 내가 너무 섬세하고 예민하다고 하신다.

아니, 그렇게 커다랗고 달콤하고 엉망으로 뭉개진 빵 덩어리의 기억을 어떻게 잊을 수가 있나요?

내가
개복치라니?

"음……, 혹시 개복치 알아요?"

트레이너는 내 인바디(체지방과 근육량 근사치를 측정하는 기계) 결과지를 앞에 두고, 내가 줄줄이 읊어대는 통증 부위를 다 듣고 나서 대뜸 개복치란 단어를 꺼냈다. '사무직 노동자가 다 그렇지, 다들 짬 내서 운동을 하고, 또 한동안 안 하기도 하고, 기본적으로 운동하는 거 힘들어하고. 뭐, 사람 다 비슷한 거 아냐? 나는 그냥 평균의 사무직 인간인데'라는 나의 안일한 생각은 이

어지는 트레이너의 말에 크게 깨졌다.

"회원님이 제가 여기에서 만난 분들 가운데 최하위 두 명 중 한 명이에요. 그리고 다른 한 분은 50대예요."

믿을 수가 없었다. 여기 있는 사람 중 내가 꼴찌라고? 나보다 나이 많은 분들도 엄청 많은데? 이게 어찌 된 일이야? 정말 다들 그렇게 건강에 신경 쓰고 열심히 운동하면서 사는 거예요? 나만 쓰레기였어?

아무리 내가 학교 때 체력장에서 아주 잘해야 3급, 못하면 5급인 사람이라지만, 그래도 성인이 된 이후로는 운동이나 몸을 움직이는 취미를 여러 개 거쳐왔다. 나열해보면 다음과 같다. 재즈댄스 3개월, 헬스 3개월, 요가 3개월, 아르헨티나탱고 1년, 스윙댄스 2개월, 수영 3년(겨울이면 몇 달씩 쉬긴 했지만), 조깅 5~6km씩 가끔(오래전이긴 하다), 그 외 짐볼이나 밴드를 이용한 다양한 홈트레이닝들……. 이 중에서 가장 오래 한 것은 수영인데 나름대로 재미를 붙여서 비교적 오랫동안 할 수 있었다. 수영을 하면서 운동의 기쁨을 알게 된 것도 있었고. 이런 내가 쓰레기라고(사실 수영도 지난 6개월간 쉬었다)? 하지만 죽 써놓고 보니까 어느 하나 진득이 하지 못하고 요즘은 수영도 안 하는 나는 쓰레기가 맞는 것 같다.

얼마 전 옛 서울역 건물에서 열린 독립출판물 행사 '퍼블리셔스 테이블'에 참여했다. 친구랑 팀을 이루어 나갔는데 사흘 동안 행사장에 나가 있어야 했다. 많은 독자들을 만났고 가족들, 친구들도 응원차 방문해 즐겁게 인사를 나누고 갔다. 문제는 둘째 날 저녁에 생겼는데, 귀가해 샤워를 마치고 나니 두 무릎이 빨갛게 부어오르고 아프면서 열이 났다. 냉찜질을 하고 맨소래담 로션도 듬뿍 바르고 잤더니 다음 날 아침엔 가라앉아서, 행사장에 다시 나가 일을 했다. 같이 부스를 지키던 명 작가에게 무릎 상태를 얘기했더니 우리 나이가 그런가 보다며, 자신은 어제 허리가 너무 아파서 한참 고생했다고 말했다.

대체로 가난해서

대체 무릎에 무슨 일이 생긴 거지? 부스를 지키며 자꾸 앉았다 일어났다를 반복해서(손님이 책에 관심을 가지면 자연스럽게 일어나서 인사를 하고 책 설명을 하게 된다) 그렇다고밖에 볼 수 없었다. 아무리 그래도 고작 이 정도로 무릎에 문제가 생기다니, 그냥 두어서는 안 될 일이란 생각이 들었다. 이러다간 팔팔한 나이에 휠체어 신세를 질지도 모를 일이다.

어렸을 때부터 무릎이 아팠다. 그때는 소아과에 가도 성장통이라는 말만 들었다. 그런데 고등학생, 대학생이 되어도 계속 아팠다. 아니, 다 컸는데 이게 무슨 성장통이겠어. 스물다섯 살 때 신촌 연세병원 관절센터에서 나를 진찰한 의사는 엑스레이 10여 장을 찍더니 '슬개골연골연화증'이라는 진단명을 알려주고, 선천적으로 무릎의 슬개골이 약간 비뚤어져 있어서 계속 연골이 닳으며 아플 거라고 설명했다. 이런 경우에는 약도 수술도 소용없으니 그냥 아껴가며 조심히 살라고 말했다.

근래 체중이 붇기도 했고 원체 무릎 상태도 좋지 않으니 근육을 키우기 위해 일단 피트니스센터를 알아봤다. 운동선수들도 연골이 닳은 경우가 많은데 근육으로 버틴다고들 하지 않는가. 이제는 근육을 키워야 할 때다. 더 이상은 미룰 수가 없다. 동네의 모든(그래봤자 두 군데뿐이지만) 피트니스센터에서 상담을 받아보고 더 쾌적한 곳으로 골랐다. 관절 문제와 코어 근육을 케어하기에는 기구 필라테스가 좋다고 해서 동네에 새로 생긴 필라테스 학원에도 가봤지만 내가 감당할 수 없는 액수의 수강료에 깜짝 놀라 돌아 나왔다. 다니기로 한 피트니스센터는 회원을 1년 단위로만 받는데, 그 1년 치의 이용료보다 필라테스 3개월 치가 훨씬 더 비쌌다.

30만 원이 조금 넘는 돈을 3개월 할부로 결제하고 피트니스센터에 다니기 시작했다. 회원권을 끊으면 OT라는, 몸에 맞는 운동을 소개해주고 기구 사용법을 알려주는 트레이너와의 1:1 강습 시간을 두 번 제공해준다. 한 달 가까이 기다려 겨우 트레이너를 만났다. 그 한 달 동안은 러닝머신도 하고 사이클도 하고 GX라는 그룹 레슨도 듣곤 했다.

그래도 운 좋게, 자격증 있는 트레이너를 만났다. 헬스장에서 일하는 트레이너들 중에는 자격증이 없는 사람도 왕왕 있고, 또 자격증이 있어도 박봉으로 긴 수습 기간을 버텨야 하기 때문에 전문가가 양성되기 어려운 구조라고 들었다. 헬스장이든 헤어숍이든 일반 기업 정규직이든 기댈 곳이 없으면 힘들긴 마찬가지인 취업의 현실이었다.

나에게 개복치라고 한 트레이너는 무릎 주변 근육과 허벅지 근육, 코어 근육 등 근육을 자극하는 운동들을 알려주었다. 이미 알던 운동도 있지만 몰랐던 운동도 있었다. 알고 있던 운동이라도 제대로 된 자세와 꼭 신경 써야 할 포인트를 배웠다. 트레이너는 나의 반응을 세심히 관찰하며 내가 침착하게 해낼 수 있는 수준의 강도로만 운동을 시켰다.

'이까짓 거 뭐 별거 아니네' 하고 돌아온 다음 날, 허벅지가 아파 걷기도 힘든 상태로 잠에서 깨어났다. 그날 홍대에서 거래처와 미팅이 있었는데 지하철에서 내려 미팅 장소까지 걸어가는 동안 다리가 아파 빨리 갈 수가 없어 속이 바짝 탔다.

스쾃이라는 운동은 흔히 하는 동작이고 나도 10년 전쯤 처음 피트니스센터에 갔을 때 트레이너에게 배운 적이 있다. 그 뒤로 많은 운동을 거치면서 또 여러 번 배웠고, 집에서 TV를 보면서도 가끔 스쾃을 하곤 했다. 하지만 이번에 트레이너가 시킨 대로 스쾃을 하니 정확히 내가 키워야 할 무릎 주변 근육이 아팠다. 정확한 운동이 이런 거구나. 나는 좀 감동받았다.

하지만 트레이너와 계속 운동을 할 수는 없었다. 기본 제공 2시간이 끝나면 나는 혼자 운동을 해야 한다. 트레이너에게 내가 가야 할 방향을 잡아달라고 했다. 트레이너는 "제가 보통은 이렇게까지 권하지 않아요. PT 하세요, 진짜"라고 말했다. 게다가 이런 말도 덧붙였다.

"제가 욕심이 나요. 이렇게 몸이 부실한 분도 드문데, 회원님은 열심히 하시기까지 하니까 앞으로 정말 많이 좋아질 수 있을 것 같아요!"

대체로 가난해서

나도 PT를 받고 싶었다. 정확하게 운동해 근육을 키우고 싶다. 하지만 PT는 10회에 50만 원이었다. 나에게는 사치다. 필요하지만, 할 수 없다. 이미 센터 등록에만 30만 원이 넘는 돈을 썼다. 이 할부가 아직 두 달이나 남았는데 또 50만 원을 결제할 수는 없다. 정말 그건 나에게 너무 큰돈이다.

• ◂

트레이너가 알려준 운동의 이름을 모조리 적어두고 동작이 기억 안 나면 유튜브를 찾아보면서 열심히 운동하고 있다. 가끔 그 트레이너가 와서 자세도 고쳐주고 조언도 해준다. 신경 써주는 것 같아 고맙다. 피트니스센터에 매일 가면 일할 시간이 너무 적어져서 이틀에 한 번씩 가며 한 번 갈 때마다 1시간 이상 운동을 하고 온다. 아주 조금씩이지만 다리에 근육이 늘고 몸도 가벼워지고 처음에는 아주 힘들었던 동작들이 수월해진다. 횟수나 강도를 조금씩 늘려가며 운동하면 될 것이다. PT를 못 받아도 꾸준히 열심히 내 몸 내가 챙겨야 하니까, 이 무릎 더 오래 써야 하니까, 이제는 근육을 키울 거다.

보통 트레이너들은 상담할 때 여성 회원들에게 늘 다이어트에 대해 묻는다. 나는 "관심 없어요"라고 잘라 말했다. 내 운동 목표는 재활이고 건강이라고. 이제 근력 밑바닥 인생 청산하고 근육 인간으로 다시 태어날 거야. 개복치라니, 쓰레기라니. 정상적인 아니, 강한 인간이 될 거야. 모두들 지켜봐줘.

동네
세탁소에서

여름내 베란다에 있는 작은 창고에 옷 몇 벌을 걸어놨다. 그 창고의 천장에는 옷을 걸 수 있는 봉이 설치되어 있고, 내 옷 중에 긴 코트들은 안방 옷장에 채 안 들어가기 때문에 별생각 없이 길이가 넉넉한 그곳에 둔 것이다.

아침저녁으로 서늘한 바람이 불어와 여름이 저물고 있다고 생각한 며칠 전, 무심코 창고 안을 들여다봤다가 "꺅" 하고 소리를 질렀다. 감색 트렌치코트가 온통 하얗게 곰팡이로 뒤덮여 있었다.

이걸 어쩌면 좋을지 발을 동동 구르며 룸메에게도 물어보고 트위터 친구들에게도 물어보다가 도저히 그대로 세탁소에 맡길 수는 없어서 얼마 전에 산 스팀 청소기로 스팀을 쏘이기로 했다. 물세탁이 가능한 옷감이라면 망설이지 않고 바로 세탁기에 넣었겠지만 반드시 드라이클리닝해야 하는 옷이라 궁여지책으로 스팀을 선택한 것이다. 버리는 게 제일 쉽긴 하지만 내가 가진 옷 중 몇 안 되는 좋은 옷이었다. 그나마도 내가 산 건 아니고 언니가 작아지고 질려서 이제 안 입는다며 엄마네 집에 버리고 간 걸 내가 날름 가져와 잘 입고 다녔다.

벨트도 소매도 어쩜 그리 구석구석 골고루 피었을까. 싫은 마음을 꾹 누르고 침착하게 스팀 청소기를 움직였다. 과연 스팀이 닿은 부분은 곰팡이들이 서서히 사라졌다. 하지만 스팀을 몇 번씩 쐐도 곰팡이 얼룩이 남은 부분도 있었다. 곰팡이들은 얼추 없앴는데 또 다른 문제가 생겼다. 스팀이 너무 강했는지 옷감이 쭈글쭈글해진 것이다. 일단 세탁소에 가져가서 진단을 받아보고, 수습이 안 된다고 하면 그때 버리기로 했다.

대체로 가난해서

작년까지는 바로 옆 단지에 프랜차이즈 세탁소가 있어서 거기에 맡겼는데 그사이 없어져 새로운 세탁소를 찾아야 할 때였다. 나는 무작정 네이버 지도 앱을 열고 현재 위치를 찍은 다음, '세탁소'를 검색했다. 주변 세탁소들이 주르륵 나왔다. 프랜차이즈도 있고 개인 세탁소도 있었다. 그중에서 제일 가까운 곳을 찾으니, 어라? 바로 내가 사는 단지 내 상가에 세탁소가 있었다. 외출할 때 매일 지나는 길목이고 바로 옆의 슈퍼에도 자주 들르는데 왜 전혀 몰랐을까. 그 길로 코트를 들쳐 매고 세탁소로 갔다. 주인아저씨가 다림판 앞에서 계시다가 나를 보고는 마스크를 찾아 쓰셨다.

코트를 이리저리 살펴보신 아저씨는 모가 많이 섞인 옷감은 습기를 한껏 빨아들이기 때문에 곰팡이가 나기 쉽다며 이런 옷은 관리에 신경을 써야 한다고 말씀하셨다. 내가 걱정하던 쭈글쭈글한 부분은 아마 세탁하고 말리면 없어질 거라고 하셔서 안심이 됐다. 친절하고 자세한 설명에 모든 궁금증이 풀려 걱정 없이 세탁을 의뢰했다. 아저씨는 옷을 받아놓고, 다림판 구석에 놓여 있던 스프링 노트와 펜을 집어 드셨다.

"어디예요?"

무슨 말씀인가 싶어 노트를 봤더니 거기엔 'ㅇㅇㅇ동 ㅇㅇㅇ호'라는 주소 몇 개가 줄줄이 적혀 있었다.

"아, 저는 ㅇㅇㅇ동 ㅇㅇㅇ호예요."

아저씨의 거침없는 손글씨로 적힌 우리 집 주소를 보고서 세탁소를 나왔다.

동네 세탁소를 이용한 것이 처음이 아닌데도 이번 세탁소 경험은 좀 다르게 느껴졌다. 보통 프랜차이즈 세탁소는 물론, 동네 세탁소를 가더라도 전화번호와 이름을 적고 나온다. 영수증 혹은 내 이름이 적힌 보관 증도 함께 받아서 나온다. 그런데 이번에는 동과 호수 를 적고는 끝이었다.

나는 그동안 '아파트 키드'의 감성을 잘 이해하지 못했다. 우리 가족은 늘 빌라에서만 살았기 때문이다. 몇 년 전 처음 '빌거(빌라에 사는 거지)'라는 단어를 신문 에서 봤을 때도 일종의 모욕감을 느꼈다. 그래서 살던

대체로 가난해서

아파트가 재개발된다고 아쉬워하며 행사를 열고 책도 만드는 분들을 볼 때마다 적잖게 낯설었다. 이번에 세탁소를 다녀오니 그 마음을 조금은 알 것 같았다. 이름도 전화번호도 없이 세탁소는 늘 그 자리에 있고, 나는 오다가다 옷을 찾으면 된다는 단순한 규칙. 동과 호수만으로 통용되는 암묵지 같은 것. 평범한 동네 세탁소이고 외관도 무엇도 새로울 것이 없지만 오래된 아파트 상가의 오래된 세탁소라는 점이 새로운 발견을 하게 해주었다.

코트는 며칠 뒤 깨끗하게 세탁되어 돌아왔다. 프랜차이즈 세탁소는 문자를 보내주는데 내 전화번호를 안 적었으니 그런 일은 없었고, 그저 지나는 길에 들러 찾아왔다. 오래전 이웃의 친구네 집에서 놀고 있으면 당연하다는 듯이 엄마가 데리러 오던 날처럼 자연스럽게. 오는 길에 이 작고 오래된 단지의 풍경이 새삼스레 눈에 들어왔다. 여러 개의 아파트가 모여 있는 이 동네에서도 우리가 사는 단지는 평수가 가장 작다. 그래서 늘 거래가 활발하고 인기가 많다고 한다. 아마 이 동네에서 가장 저렴한 아파트겠지.

아파트 단지 내 곳곳에는 여러 종류의 나무들을 비롯해 다양한 식물들이 자라고 있다. 한꺼번에 통일해서 깔끔하게 정리된 잔디나 화단이 아니다. 한눈에 봐도 오랜 시간에 걸쳐 많은 사람들이 조금씩 가꿔온 것이다. 그 자리에서 피고 지는 서로 다른 식물들이 자기들끼리 뒤섞이고 어울려 자라고 있었다. 어느 날은 누군가 집에서 키우던 식물을 옮겨 심어놓기도 하고, 잠시 바람을 쐬라는 듯 화분을 통째로 며칠 놔두기도 한다. 내가 살면서 처음 보는 식물이 많아, 한동안 식물 이름을 알려주는 앱에 매일 같이 사진을 올려 물어보곤 했다. 오가며 보니 화단을 가꾸는 분들은 경비 노동자일 때도 있고 이곳에 오랫동안 사신 것 같은 할머니들도 계셨다. 매일 나무들 사이로 여러 새들이 와서 놀고 간다. 어떨 땐 내 머리 바로 위에서 새들이 크게 고함을 쳐 깜짝 놀란다.

이 오래된 아파트는 내가 어렴풋이 생각한 것보다 사람들의 손길이 훨씬 많이 묻어 있는 곳이었다. 부의 상징으로 투기의 대상으로, 어렸을 때는 심지어 콘크리트 덩어리라고 표현되며 늘 멀리만 바라보던 아파트였다. 그 안에 복작거리며 살아가는 각양각색의 사람들과 작은 화단이라도 오래도록 아끼며 아름답게 꾸미는 마음들이 있었다는 걸, 직접 살아보고야 비로소 알게 됐다.

여행에
대하여

망원동에 살던 시절 한 사설 아카데미에서 그림 수업을 들었다. 강사도 수업을 듣는 사람들도 모두 친근하고 좋은 이들이라 수업이 있는 날은 늘 즐거웠다. 나는 처음에 정말 보기 민망할 정도의 서툰 그림을 그리다가 지도에 힘입어 차츰 그림을 계획하고 표현하는 방법도 연습할 수 있었다.

그 수업의 마지막 주제는 여행이었다. 어떤 사람은 동화 속에 나올 것 같은 장면을 그렸고 어떤 사람은 자신이 기억하는 가장 인상적인 여행의 순간을 그렸다.

또 누구나 보면 알 만한 유명하고 멋진 풍경을 그린 이도 있었다. 대부분 자신이 다녀온 여행지를 그릴 때 나는 메마른 광야를 가로지르는 다리 달린 눈알을 그렸다. 눈알 속에는 여러 개의 문과 여러 개의 방이 있고, 벽에는 담쟁이덩굴이 이리저리 얽혀 있었다. 여러 방은 창문을 통해 각각의 다른 장면을 나타내는데 어떤 곳엔 사람이, 어떤 곳엔 요리 중인 부엌이, 또 어떤 곳엔 환하고 따듯한 불이 켜진 방이 있었다. 괴상하게 생긴 그 눈알은, 일종의 에어비엔비였다. 그때 내가 생각한 여행은 특정한 장소나 공간이 아니라 어디라도 좋으니 내가 마음껏 쉬었다 갈 수 있는 시간이었다.

중고등학생 때는 여행의 경험이라는 것이 그다지 큰 격차로 느껴지지 않았다. 해외에 나가본 친구들은 극소수였고, 대부분은 부모님과 함께 국내 여행을 다니는 게 다였으니까. 오히려 학생 시절에는 수련회나 수학여행 등으로 친구들과 공동의 여행 경험을 쌓는 데에 큰 의미가 있었다. 대학에 입학한 뒤부터 여행을 쉽게 갈 수 있는 사람과 아닌 사람의 격차가 본격적으로 드러났다.

대학의 방학은 길기 때문에 학생들은 그 기간을 위해 반드시 무언가 계획을 세운다. 크게 공부, 봉사활동, 아르바이트, 여행 등으로 나누어졌는데 나는 아르바이트를 하는 사람이었다. 방학 내내 일했지만 아무리 열심히 해도 한 학기 학비를 전부 벌기는 힘들었다. 방학이 끝나고 다시 학기가 시작됐을 때 학과 내에서 가장 돋보이는 사람들은 여행을 다녀온 이들이었다. 그들은 대체로 미국을 오랫동안 여행하거나 유럽을 돌았다. 특이하게 동유럽만 다녀오거나 동남아를 도는 경우도 있었다. 아예 한 학기 휴학해서 어학연수를 떠나고, 연수를 마친 뒤 주변 나라를 죽 돌고 오는 친구들도 상당히 많았다. 돌아온 친구들은 여행에서 겪었던 놀라운 사건들과 낯선 공간의 멋진 풍광들, 그곳에서 만난 수많은 인연들을 자랑했다. 수십 장의 사진을 들고 다니며 친하지 않아도 마구 보여주었다. 그런 모습이 부러웠냐고 묻는다면, 당연히 부러웠다. 그때까지 나는 비행기도 한 번 타보지 못했으니까.

　　초등학생 때 학교에서 가족사진을 가져오라고 하면 어쩔 줄 몰랐다. 우리 집은 가족사진이 하나도 없었

　　　　　　　　　　　　　　　　　　　대체로 가난해서

다. 아무리 앨범을 뒤적여도 정말 한 장도 없었다. 그때 우리 가족은 할머니, 엄마, 아빠, 언니, 나였는데 다같이 어딘가에 간 적도 없고 집에서 일상을 찍을 카메라도 없었다. 옛날에 부모님이 갖고 있던 카메라를 삼촌이 빌려가 잃어버린 뒤로는 늘 남의 카메라를 빌려서 사진을 찍곤 했다. 다 같이 놀러간 적이 없으니 같이 찍은 사진도 없을 수밖에.

그래서 할머니, 엄마, 나, 언니가 함께 찍은 사진에 다른 사진에서 아빠를 오려서 붙여 가족사진을 만들었다. 지금으로 치면 포토샵으로 아빠만 패스를 따서 합성한 것이다. 그때는 당연히 가위와 풀로 작업했으므로 한눈에 티가 났다. 주변 친구들은 모두 문제없는 가족사진을 가져왔기 때문에 그 사진을 보며 한마디씩 했던 것 같다. 안 그래도 창피한데 친구들 눈치까지 보이자 잔뜩 주눅이 들어 선생님께 야단맞을 각오를 하고 있었는데, 선생님은 사진을 슥 보고 그냥 지나가셨다. 나 말고도 그런 학생이 있었거나 사진을 보자마자 이런저런 사정을 파악하셨기 때문이었겠지.

한동안 출판계에는 여행서 붐이 일었다. 유명 작가들이 여행에서 찍은 사진에 짧은 감상을 더해 책을 내자 불티나게 팔렸다. 그 뒤를 이어 비슷한 책들이 경쟁하듯 나왔다. 어떤 사람들은 책을 내고 싶어서 여행을 다녔고, 큰돈을 들여 세계 여행을 가는 사람도 꽤 많았다. 세계 여행을 떠난다는 것 자체가 대단했던 시절에서 더 이상 세계 여행이 신기하지 않은 시대로 변하는 동안 나는 여전히 유럽도 미국도 가보지 못했다. 그맘때 가끔씩 여행이 한국 사회에서 일종의 교양이나 절대선으로 여겨지는 게 아닌지 의심이 들었다. 나를 제외한 모두가 여행을 사랑하고, 여행을 가지 못해 늘 안달 나 있다는 느낌까지 받았다.

어떤 사람들은 유럽의 한 관광지 그림을 보며 "아, 여기 ○○이네!"라고 반가워했다. 그러면 곧 그곳이 얼마나 멋진지, 그 골목 어디어디에 맛집이 있는지 등의 이야기들이 오갔다. 나는 한 마디도 알아들 수 없었다. 어떤 사람들은 대화 중간에 "그 왜, 파리에 가면 길이 이렇게 생겼잖아요" 같은 말을 서슴없이 했다. 상대방이 유럽 정도는 당연히 가봤으리라는 전제를 두고 하는 말이었다. 나는 상황에 따라 "네, 네" 하면서 얼른 넘기기도 하고, "저는 안 가봤어요"라고 짚기도 했다. 그때마다 기분이 조금씩 이상했다. 이것이 열등감인가 생각해봤지만 딱히 그런 것도 아니었다.

여행에 대해 이야기하기 시작하면 그건 돈의 문제가 아니라 마음의 문제라고 하는 사람들이 많았다. 과연 어떤 사람은 전세 보증금을 들고 세계 여행을 떠났고, 또 어떤 사람은 통장에 100만 원만 모이면 바로 여행 계획을 세운다고 했다. 나는 그런 용기도 열정도 없었다. 통장에 돈이 모이면 여행을 가는 게 아니라 정기예금으로 돌렸다. 아니면 수입이 없는 달을 대비해 비상금 통장에 넣었다. 언제나 여행보다 생활이 먼저였다. 그러니까 남들이 애를 써서 다니는 여행에 대해 열등감을 느끼거나 불평할 자격도 이유도 없었다. 어렸을 때부터 여행을 다녔다면 나도 여행을 즐겼을지 모른다. 하지만 우리 집은 여행을 가지 않았고 나도 밖보다는 안을 편안해하는 사람이었다. 더 명확히 말하자면 나는 여행의 즐거움을 배우지 못했다. 그래서인지 여유가 생겨도 쉽게 떠날 수가 없었다.

그러다가 이직을 하는 사이사이에 며칠씩 시간이 나면 제주에 갔다. 회사 동료들과 심야버스를 타고 외도에 간 적도 있고, 출장차 도쿄에도 두 번 다녀왔다. 프리랜서가 된 뒤로는 친구와 일주일 동안 제주를 여행하기도 했다. 경주, 부산, 언니가 살고 있는 남아공까지. 나에게도 차츰 여행의 경험이 만들어지기 시작했다. 그러면서 조금씩 내가 원하는 여행이 무엇인지 알아갔다. 나는 한곳에 오래 머무는 편이 좋았다. 낯선 곳에 가는 건 좋지만 많이 돌아다니는 것은 피곤했고 머릿속에 남지도 않았다. 관광하느라 열심히 돌아다닌 여행은 사진이 없으면 그 장소에 다녀왔다는 사실 자체를 잊어버릴 정도다. 대부분 단체로 갔던 여행은 지금도 꿈속의 일처럼 기억이 희미하기만 하다.

어쩌면 이것은 여행에 익숙하지 않아서가 아니라 내가 가진 성향일 수 있겠다는 짐작이 들었다. 머리가 부산스러울 때 휴식처럼 찾아보는 영화가 있다. 2007년 개봉한 오기가미 나오코 감독의 〈안경〉이다.

대체로 가난해서

이 영화를 처음 극장에서 보았을 때 느낀 신선함과 평안함을 아직도 잊을 수가 없다. 어떤 사람은 이런 '만들어진 평화'가 작위적이라고 싫어하던데, 나에게는 스크린을 통해서라도 시원한 해변 풍경과 맛있는 음식을 즐기는 느긋한 사람들을 보는 경험이 일종의 안정제 역할을 했다. 지금도 가끔 마음이 힘들 때 이 영화를 본다.

TV 예능 프로그램도 시끌벅적 요란한 것보다는 tvN 〈여름방학〉이나 JTBC 〈효리네 민박〉처럼 낯선 곳에서 천천히 일상을 확장해나가는, 호흡이 느린 걸 더 좋아한다. 휴대폰 게임도 스릴 넘치는 달리기나 전투 게임을 하면 은근히 스트레스를 받는다. 즐거움을 위해 게임을 하는 건데 부러 그럴 필요가 있나 싶다. 내가 즐기는 건 농사를 짓거나 마을을 꾸미는 게임들이다. 이런 게임을 하고 있으면 친구들이 도대체 뭐가 재미있느냐 의아해하며 묻기도 한다. 그러면 게임을 하면서도 스트레스 받는 게 싫기 때문이라고 대답하는데, 다음에는 뭔가 조금이라도 근사한 대답을 내놓아야겠다. "평화를 사랑해서"는 어떨까? 전혀 안 근사한가?

몇 년 전에는 운 좋게 제주에 오래 머물 기회가 생겨서 40여 일을 지낸 적이 있다. 낯선 곳이 익숙해지는 감각, 돌아와서도 눈을 감으면 그려낼 수 있었던 이름 없는 작은 해변과 소박한 골목들, 동네를 돌아다니며 만나던 개들과 한자리에 자리 잡고 매일 조금씩 자라던 식물들, 음식과 생필품을 사러 다녔던 점빵과 마트, 그곳에서 만난 친구들과 하염없이 걸었던 땡볕 아래 시간들……. 모든 순간들이 생생하게 내 안에 남아 행복과 추억과 기쁨으로 변환됐다. 짧은 시간으로는 결코 알 수 없는 감정들이다. 이래서 사람들이 여행을 좋아하는구나. 마흔이 다 되어서야 나는 겨우 여행의 즐거움을 배웠다.

앞으로도 가급적이면 짧은 여행이 아니라 긴 머무름을 위한 여행을 가고 싶다. 그러기 위해서는 돈을 열심히 벌어야겠지. 머무르며 일까지 할 수 있다면 금상첨화겠다. 아니, 사실은 일하지 않고 오래 즐기기만 할 수 있다면 그 편이 더 좋겠다. 딱히 어딘가로 떠나지 않아도 괜찮지만 내가 즐기는 것이 머무름이라면 이제 조금은 아름다운 곳에 머물고 싶은 마음이 든다.

수영 오전반
모임

망원동에서 서른 몇 해를 살다가 결혼 후 처음으로 다른 곳에 살게 되니 동네가 낯설 수밖에 없었다. 그런 나를 이곳에 발붙이게 해준 것은 첫째가 시장이요, 둘째가 수영장이다. 망원동의 망원시장처럼 이 동네에도 작게나마 재래시장이 있어서 자주 다니며 동네 분위기를 파악하는 데 좋았다. 수많은 사람들과 옷자락을 부딪히며 시장을 다니다 보니 차츰 동네가 익숙해졌다. 하지만 집에서 일하는 프리랜서인 데다 주변에 갈 곳도 마땅찮으니 오랜 의자 생활로 툭하면 허리가 아파와, 운동을 알아보게 됐다. 마침 걸어서 15분 정도의 거리에 시에서 운영하는 꽤 큰 규모의 체육시설이 있었다. 운동장, 수영장, 클라이밍 암장, 구기 종목 경기장까지 갖춰 지역 주민들이 즐겨 이용하는 모양이었다. 특히 수영 강습은 늘 인기가 많아서 접수 실패를 몇 달 반복하고서야 겨우 초급반에 들어갈 수 있었다.

오전 10시에 시작하는 강습에 갔더니 내 또래 여성이 꽤 많았다. 수영을 아예 못하는 사람, 물이 너무 무서운 사람, 나처럼 초급 강습을 여러 번 들었지만 여전히 수영을 못하는 사람 등 다양한 구성원이 모여 열심히 물장구를 쳤다. 초급이라면 피할 수 없는 지난한 발차기와 숨쉬기, 물에 뜨기 훈련을 거치고, 킥판을 잡으면서 그나마 자유형 비스무레한 동작이 가능해질 무렵이 되니 또래들끼리 자연스럽게 친해졌다. 수영을 하고 나면 으레 극심한 허기가 몰려온다. 전문가들 말로는 수영이 체력 소모가 큰 운동인 탓도 있지만 체온보다 차가운 물속에 있으면 더 빨리 배가 고파진다고 한다. 어느새 이름과 나이까지 알게 된 수영반 친구들은 강습 후 가끔 모여서 간식이나 점심을 먹었다.

대체로 가난해서

친해진 사람들끼리 모이니 더욱 나이가 고만고만했다. 나보다 많은 사람도 한두 살 차이였고 나이가 적은 사람도 서너 살 차가 넘지 않았다. 대부분은 전업주부로 영유아 자녀를 두고 있었다. 아이가 유치원이나 어린이집에 간 사이 강습을 들으러 온 것이다. 아이가 없는 사람은 임신 시도 중이거나 임신 중이었다. 아이가 없고 낳을 계획조차 없는 사람은 나 하나였다. 또자기 일을 하고 있는 사람도 나뿐이었다. 모임 친구들은 신나게 수영 이야기를 하다가도 가끔 내 생활을 궁금해했다. 어떤 일을 어떻게 하는지, 얼마를 버는지, 애가 없으면 심심하지 않은지, 부부 사이는 어떤지 그런 말들을 조심스럽게 물어오곤 했다. 하지만 화제는 금세 아이들 이야기로 돌아갔다. 아이가 없는 나는 끼어들기 어려운 화제가 많아서 수영 이야기가 끝나면 조용히 듣는 편이었다.

어느 날 수영 친구들과 커피를 마시던 중이었다. 나와 동갑인 은희가 갑자기 울음을 터트렸다. 내용인즉슨, 남편과 정말 대화가 안 통하고 남편이 돈 쓰는 문제로 계속 눈치를 준다는 것이다. 심지어 이렇게 수영을 오는 것도 남편은 탐탁지 않아 한다고 했다. 은희는 결혼 후 집에서 아기만 돌보다가 처음으로 용기 내서 하게 된 운동이 수영이라고 했다. 그런데 남편은 은희가 수영에 가는 시간이 아깝다며 거기서 놀지 말고 애나 잘 보고 살림 좀 잘하라고 잔소리를 한다는 것이다. 은희는 아기를 낳고 기르느라 체력은 한껏 떨어지고 온갖 관절이 아프며 피부는 축축 처져 자기 몸을 볼 때마다 자괴감이 든다고, 그런데도 겨우 운동 하나 하는 걸 싫어하는 게 말이 되냐고 했다. 차라리 남편이 집에서 가사를 하고 자신이 나가서 돈을 벌면 좋겠다고, 결혼 전에는 남편보다 돈을 더 잘 벌었는데 이게 어찌된 일인지 모르겠다고 하소연이 이어졌다. 나를 보고는 자기도 다시 선택할 수 있다면 아이를 안 낳는 선택도 해보고 싶다며, 아이들을 너무나 사랑하지만 자기 삶이 사라진 것 같아서 괴롭다고 말했다.

은희의 이야기와 눈물에 다들 놀라 위로의 말을 건네었지만, 실제로 위로가 될 만한 말은 나오지 않았다. 어떤 말이 그에게 위로가 될까. 이혼을 권하는 말? 남편을 이해하라는 말? 아니면 그저 공감해주는 말?

고양시의 작은 동네에서 아이들을 맡기고 겨우 한 시간짜리 운동을 나선 여성들은 약속이나 한 듯 비슷한 상황에 처해 있었다. 나는 이 동네에 살기 전엔 전업주부 친구들을 만난 적이 거의 없긴 하지만 이걸 동네의 문제라고 보기는 어렵다. 이전에 살던 망원동, 그러니까 홍대 부근에서는 이 시간대에 이런 강습을 받은 적이 없었다. 항상 일이 끝나고 저녁에 혹은 주말이 되어서야 공부나 취미 활동을 했다. 그런 자리에 전업주부는 한 명도 없었고, 대체로 직장인이거나 학생이거나 프리랜서이거나 간혹 아이들을 다 키우고 자유로워진 높은 연배의 언니들이 있었다. 그래서 내 또래 기혼 여성들의 이야기를 들을 기회가 없었다. 저녁이나 주말 시간은 기혼 유자녀 여성이 자유롭게 나오기 힘든 시간이라는 걸 예전엔 알지 못했다.

중고등학교 때 친했던 친구들도 먼저 결혼을 하고 아기를 낳으면 만나기가 힘들고 대화거리도 떨어져 차츰 멀어져갔다. 그때는 단순히 관심사가 달라져서라고 생각했지만 친구들의 마음 깊은 곳에 있는 불편함과 외로움, 그리고 가부장제가 가져오는 거대한 불공평을 미처 인식하지도, 알아보려 노력하지도 못했다.

친구들은 모두들 나보다 좋은 집에서 좋은 차를 타고 다녔고 아이들은 부모가 해줄 수 있는 최선의 교육을 받았다. 남이 보기에는 그야말로 다복한 가정을 꾸리고 있었다. 하지만 그 자리는 자신의 일을 찾으려면 무척이나 힘든 싸움을 시작해야 하는 자리이기도 했다. 남편들은 돈 번다는 말을 방패로 삼고, 아내를 '도와준다'며 작은 집안일 하나에도 생색을 냈다. 가능한 만큼 여성의 자유를 억압하면서 그것이 자신의 권리라 여기는 것 같았다. 남편의 외벌이로도 온 가족이 생활할 수 있는 상황이라면 그것은 안정과 행복인 동시에 여성의 발목을 붙잡는 일종의 함정으로 작동했다. 사회는 우리 세대 여성들에게 가부장제에 순응하며 살 것인지, 아니면 싸우고 개척하며 자기 자리를 지킬 것인지 선택하지 않을 수 없게 만들었다.

왜 우리는 선택해야 할까? 그리고 왜 여성만이 그 선택을 해야 할까? 사랑하는 사람과 아름다운 가정을 꾸리면서도 내 일과 내 경제력, 그러니까 자본주의사회에서 통용되는 인적 가치를 포기하지 않는 일은 왜 여성에게만 이토록 어려운가. 전업주부의 가사노동에 급여를 부여하는 세상은 아직도 오지 않고, 올 기미조차 보이지 않는다. 종종 언론에서 가사노동의 경제적 가치를 돈으로 환산한 금액, 남성과 여성의 가사노동 시간 통계 등등을 보여주지만, 실제로 그걸 돈으로 바꾸어 지급받는 사람이 이 사회에 존재하기나 할까?

은희에게 누구도 이혼이라는 선택지를 들이밀지 않았다. 아마 은희 자신도 이혼은 전혀 생각하지 않았을 것이다. 겉보기에는 정상적인 가정이니까. 남 앞에서 울음을 터트릴 정도로 힘들지만, 참으면 다복하고 안온한 생활이니까. 그 정도의 일은 다들 참고 사니까. 그런데 언제까지 여성들은 자신의 존재를, 가치를 참아야 할까. 수영 오전반 모임은 반이 여러 번 바뀌면서 자연스럽게 사라졌지만, 그 물음은 몇 년이 흐른 지금까지도 유효하게 현실을 맴돌고 있다.

선물 잘 받는
방법

얼마 전 팟캐스트 '큰일은 여자가 해야지'의 인스타그램 계정에 프리랜서의 반려물건에 대해 알려달라는 게시물이 올라왔다. 나는 얼른 "스탠딩데스크요!"라고 댓글을 달았다. 나 말고 또 다른 프리랜서도 스탠딩데스크를 추천하는 걸 보고, '음, 이 분도 허리 상태가 보통이 아닌가 보군……' 하며 동지애를 느꼈다.

재작년 여름 어느 날이었다. 평소와 다름없이 땀을 잔뜩 흘리며 오후에 달리기를 했고 몸이 좀 뻐근해서 저녁에는 폼롤러로 엉덩이와 허리를 마사지했다. 그냥 바닥에 앉아서 엉덩이 근처에 폼롤러를 대고 이리저리 몸을 움직인 게 다였다. 그날로부터 사흘 뒤, 나는 허리에 극심한 통증을 느끼고 제대로 앉지도 서지도 못한 채 엉거주춤 동네 정형외과를 찾았다. 의사는 엑스레이를 찍어보더니 염증이 생긴 것 같다고 말했다. 혹시 운동을 과격하게 했냐고 물어봤는데, 요즘 달리기를 좀 열심히 했다고 답하자 코어가 전혀 없는 사람이 급격히 빨리 뛰면 그럴 수도 있다고 설명해주었다. 하지만 나는 전혀 빨리 뛰지 않는데? 뛸 때 허리를 많이 쓰지도 않고 뛰면서 허리가 아픈 적도 없었다. 다행히 실비보험이 있어서 도수치료를 받기로 했다. 물리치료사도 어쩌다 이랬냐고 이런저런 질문을 했는데 의사보다 오래 대화를 나눠서인지 그가 원인을 찾아냈다. 범인은 폼롤러였다.

내가 가진 폼롤러는 다이소에서 산 짧고 단단하고 울퉁불퉁한 것이었는데 단단하면 더 시원하게 마사지가 되지 않을까 싶어 구매했다. 알고 보니 이것은 폼롤러 숙련자만 써야 하는 제품으로, 함부로 허리에 대면 안 되는 물건이었다. 물리치료사는 허리가 불편하면 폼롤러를 허리에 대지 말고 배 쪽에 대고 복압을 풀어야 한다고 말했다. 허리를 함부로 마사지하다가 이렇게 삐끗해서 병원에 올 수 있다고. 이전까지는 알지도 듣지도 못했던 정보였다. 그냥 '폼롤러가 있으면 몸 이곳저곳 마사지할 수 있겠다' 하고 단순하게만 생각했는데……. 지식도 없이 함부로 기구를 쓴 내 잘못이었다.

허리로 유독 고생을 한 그 겨울, 생일이 되자 나는 엄마께 선물로 스탠딩데스크를 사달라고 먼저 들이밀었다. 생일 무렵이 되면 가족들은 갖고 싶은 게 없는지 물어보는데, 대체로 없다고 대답한다. 정말 딱히 사달라고 할 게 별로 없기 때문이다. 그러면 보통 10만 원 정도 돈을 보내주시곤 한다. 아마 내가 늘 쪼들린다고 생각해서 더 그렇게 해주는 것 같다. 그런데 이번에는 조르듯이 "엄마, 나 그거 사줘! 사줘!" 하고 말했다. 엄마는 전화기 너머에서 "알았어, 알았어! 사준다고!"라고 하셨는데 아마 웃고 계셨던 것 같다.

엄마랑 이모랑 10만 원씩 보내주셔서 받은 20만 원을 들고, 생일날 이케아에 갔다. 이케아에는 높이 조절이 가능한 스탠딩데스크가 여러 가지 있는데, 그중에서 21만 원 정도 하는 가장 저렴한 제품을 살 계획이었다. 스탠딩데스크 중에서도 전동으로 움직이는 고급라인은 50~60만 원대이고, 이케아가 아닌 국산 제품은 70~80만 원대였다. 나로서는 20만 원대의 이 책상이 유일한 선택지였다. 책상 밑에 달린 길쭉한 손잡이를 부지런히 돌리면(옛날 자동차에 있던 유리창 손잡이 돌리듯이) 책상의 높낮이를 조절할 수 있다. 어깨가 약간 피곤하지만 허리가 보전되는데 이게 어디냐.

이케아에 도착해 그 제품을 찾으니 마침 책상 중에서도 그 제품만 18만 원으로 할인을 하고 있었다. 기뻐하며 창고에 가서 물건을 픽업하는데 세상에, 재고가 딱 한 세트 남아 있었다. 마치 내 허리를 위해 온 세상이 도와주는 것만 같았다. 예전에 그런 내용의 책이 베스트셀러였던 적이 있는데.《시크릿》이었나?

그 전까지 내가 쓰던 책상은 중학교 때 부모님이 언니와 나에게 하나씩 사주신 나무 책상이었다. 그걸 이사 때마다 들고 다니며 지금까지 쓰고 있었다. 튼튼하긴 했으나 너무 좁아서 모니터, 키보드, 교정지에 각종 책들까지 놓으려면 공간이 한참 모자랐다. 새로 산 책상은 새하얗고 높이 조절도 되고 면적도 넓었다. 순식간에 작업 공간이 쾌적해졌다. 책상을 세팅하고 사진을 찍어 가족들에게 보냈다. 너무너무 고맙다는 말도 잊지 않았다. 필요하고, 갖고 싶은 것을 가졌을 때의 순수한 기쁨을 무척 오랜만에 느낀 것 같았다.

내가 읽은 최초의 여성 자기계발서는 조안 리의 《사랑과 성공은 기다리지 않는다》였다. 1995년에 출간된 책이니 아마 중학생 때 읽었을 거다(지금은 절판됐다). 그 책에서 조안은 자신의 업무 스타일에 대해 자세히 적었는데 항상 서서 일을 한다고 했다. 그러면 집중력도 높아지고 자연스럽게 살도 안 찌고 자세도 좋아진다고. 책 속의 그는 폭풍 같은 사랑을 하고 대단한 워커홀릭이었으며 성공을 거머쥔 멋진 여성이었기에 그때부터 나는 막연히 스탠딩데스크를 멋진 물건으로 여겨왔다. 아마 이 책상을 사게 된 데는 조안 리의 영향도 아주 조금은 있었을걸?

대체로 가난해서

프리랜서가 된 뒤 아쉬운 걸 꼽으라면 큰 건 월급이고 작은 건 명절 선물이다. 회사에 다닐 때는 연말이나 설, 추석 때 상여금을 받거나 선물세트를 받곤 했다. 둘 다 주는 회사도 있었다. 하지만 프리랜서는 아무도 챙겨주지 않는다. 모든 입금은 계약 사항에 따라 이루어질 뿐, 누구도 뭘 더 챙겨주는 법이 없다. 그런데 작년 추석, 프리랜서가 된 뒤 처음으로 명절 선물을 받았다. 진행하던 전자책 원고가 있었는데 그 책을 발행하는 거래처에서 홍삼 세트를 보내주었다. 대체 얼마만에 받는 명절 선물인지! 물건의 값을 넘어 외주자까지 신경을 써준 담당자에게 고마운 마음이 물씬 들었다. 잘 받았고 무척 고맙다고 감사 메일을 보냈다. 이 소중한 홍삼을 어떻게 할까 고민하다가, 늘 우리를 잘 챙겨주시는 이모께 드리기로 했다. 받은 선물을 다른 분께 드리는 게 어찌 보면 실례일 수도 있지만 몸에 좋은 건 어른들께 드리는 게 더 좋지 않을까 싶어 그렇게 했는데, 막상 선물을 드리고 나서 나는 좀 의아해졌다.

홍삼을 가져왔다고 하자 이모는 뭘 이런 걸 주냐며 너네 먹으라고 다시 밀어내셨고, 두세 번이야 사양이 미덕인 한국인 특성상 그러려니 했다. 하지만 이모는 그 자리가 파하고 우리가 일어날 때까지 홍삼을 받지 않고 우리 부모님께 드리려고 했다. 이모 드리려고 가져왔으니 그냥 드시라고 몇 번을 말씀드려도 계속 사양하시자 나는 점점 기분이 이상해지면서 별생각이 다 들었다. 우리가 가난하다고 그러시는 건가? 정말 이 선물이 쓸데없는 걸까? 내 딴에는 이모를 생각해서 가져온 건데 너무 별로인 선물인가? 혹시 다른 데서 받은 걸 가져와서 기분이 나쁘신 걸까?

집으로 돌아오는 길에 선물을 받는 방식에 대해 생각해보았다. 아무리 돈이 없다고 해도 명절에 고마운 어른께 가끔 선물 하나 정도는 할 수 있는 것 같다. 그런데 가져간 선물을 사양하고 받아주지 않으면 주는 손은 그만 부끄러워진다. 괜히 준비했나 싶고 내 선물이 너무 보잘것없어서 그러나 싶다.

한 번 정도 사양할 수는 있겠으나 선물로 가져온 것은 기쁘게 받아주면 서로 좋을 것 같다. 고맙다는 말

한마디면 주는 사람도 받는 사람도 산뜻하지 않을까. 그런 생각 끝에 나도 어쩌면 사양을 한답시고 다른 이를 오히려 서운하게 한 적은 없는지 돌아보게 됐다. 아마 분명히 있었을 것이다. 이제 손부끄러운 기분이 어떤 건지 절실히 깨달았으니 다른 이의 호의를 고맙게 받아야지. 결국 그 홍삼은 이모가 가져가셨지만 아직도 그날의 기분을 떠올리면 씁쓸해진다.

3장

가족이라는
이름

가장 최신의
효도

"지금 출발!"

엄마가 토요일 낮 1시에 카톡을 보내오셨다. 분명히 언제쯤 출발할지 미리 알려달라고 했는데 대뜸 출발한다며 연락하시다니…… 어른들은 꼭 그러시더라. 덕분에 침대에서 뒹굴거리다가 용수철처럼 일어났다. 삶아둔 달걀을 한 알 먹고 세수하고 옷을 주워 입고 집을 나섰다. 오늘은 우리 집 근처 이케아에서 부모님을 만나기로 했다.

이케아에 도착해 전화를 했더니 부모님은 '5번 진열대 앞'이라고 하셨다. 5번 진열대? 5번 코너가 아니고 진열대? 의심이 들었지만 5번 코너로 달려갔다. 열심히 둘러봐도 부모님은 없었다. 알고 보니 일반적인 입장 코스인 쇼룸으로 들어가지 않고 바로 계산대가 있는 쪽으로 들어가서서 창고처럼 물건이 쌓여 있는 구역에서 헤매고 계셨다. 안에서 만나는 건 힘들 것 같아, 아예 들어갔던 문으로 다시 나오시라고 했다. 부모님을 겨우 만나서 2층부터 제대로 구경을 시작했다.

이케아에 가본 사람은 알겠지만 쇼핑은 2층 쇼룸에서 시작된다. 입장 시 노란색 장바구니와 메모를 위한 종이, 연필, 줄자가 제공된다. 우선 각각의 인테리어 콘셉트에 맞춰 배치되어 있는 가구와 소품을 보고 마음에 드는 것을 메모한다. 그리고는 레스토랑에서 간식을 먹으며 기력을 회복하고, 내려가 창고형으로 쌓여 있는 구역에서 메모해온 물건들을 찾아 담으면 된다. 전시된 물건에는 이 상품을 어디에서 가져갈 수 있는지 위치가 적혀 있다. 그리고 이 모든 구간 중간중간에 특정 물건이 많이 쌓여 있는 곳이 있으면 그곳에서 하나씩 담아도 된다. 이런 물건들도 아래층에 가면 다 찾을 수 있으니 굳이 당장 안 챙기더라도 큰 상관은 없다. 쇼핑카트는 쇼룸에서부터 끌고 들어가도 되지만 괜히 통행에 방해만 되고 힘들기 때문에 아래층에 내려가서 챙기는 편이 낫다.

이런 시스템은 부모님에게 쉬운 것이 아니다. 아빠는 70대 초반, 엄마는 60대 중후반이신데 당연히 젊은 사람보다 새로운 시스템에 적응하는 데 오래 걸릴 수밖에 없다. 나도 페이스북을 처음 시작할 때 '이게 뭐지? 어떻게 돌아가는 거지?' 하면서 한참을 헤맨 기억이 있다. 그때, 내가 나이 들었다고 생각했다.

이케아 레스토랑 역시 만만치 않다. 음료와 커피는 한 번 컵을 사면 여러 번 리필해 마실 수 있다는 점, 식당 전용 카트와 트레이를 조합하는 법, 특정 음식은 조리 구역에서만 주문할 수 있는 점 등 적응할 부분이 많았다. 나는 몇 번 와봐서 익숙하기도 하고 학교 구내식당 같은 시스템이라 금방 익힐 수 있었지만 이 역시 부모님은 한참 관찰해야 알 수 있는 부분이다. 몸과 정신이 또렷하더라도 새로운 시스템을 학습하는 건 다른 감각이 필요한 일. 여러 방면의 관찰력과 이해력, 에너지가 소모된다.

이케아는 미로 같은 구조로 유명하다. 해외에서 한 남성이 이케아의 안내 화살표를 바꾸어놓아 많은 사람이 이케아에서 몇 시간 동안 나오지 못했고, 그 범인이 붙잡혔다는 기사를 봤다. 이곳 이케아도 길을 잘못 들면 한참을 헤매게 된다. 부모님이 새로운 곳에 가셔서 곁을 스쳐가는 수많은 젊은이들 사이에서 어리둥절하다가 체념하고 빈손으로 돌아나오시는 모습을 상상하면 급격히 슬퍼진다.

이케아뿐 아니라 패스트푸드점 무인판매대 앞에서, 매일 사용하는 인터넷이나 스마트폰 조작에도 부모님은 쉽게 어려움을 겪는다. 고백하자면 나도 부모님께 컴퓨터 프로그램에 대해 알려드리다가 답답한 마음에 몇 번 짜증 섞인 말투가 튀어나온 적이 있다. 부모님은 금방 주눅 든 표정이 된다. 그러면 또 한없이 죄송해진다. 내가 어렸을 때 부모님은 어떻게 살아가는 데 필요한 그 많은 것들을 내게 가르쳐주실 수 있었을까? 질문을 퍼붓는 어린이에게 수없이 반복하여 따뜻하게 대답해주었기에 지금의 내가 어려움 없이 사회를 살아가는 걸 텐데.

우리는 부모님보다 돈이 없는 세대다. 남들은 모르겠지만 나는 확실히 부모님보다 돈을 적게 벌고 있다. 그런 내가 부모님께 드릴 수 있는 효도는 많은 용돈이나 좋은 선물이 아니라 바로 이런 부분이 아닐까. 새로운 시스템을 보여드리고 함께 경험하는 것. 다음에는 부모님만 오셔도, 혼자 오셔도 무리 없이 이용할 수 있도록 잘 알려드리는 것. 어쩌면 다른 친구들과 오셨을 때 우리 엄마가 먼저 나서서 설명하실 수도 있지 않을까, 조금은 으쓱한 마음으로 말이다. 이것이 2021년식의 효도라고, 돌아오는 길에 혼자 생각해보았다.

엄마가 사온
딸기

코로나19 때문에 가급적 외출할 일을 만들지 않고 전 국민이 '사회적 거리두기' 중이다. 그래도 먹고사는 일은 돌림병의 위험만큼 엄중해서 텅텅 빈 냉장고를 털어먹다 보면 시장이며 마트에 안 갈 수가 없다. 초반에는 온라인 마트 사이트에서 몇 번 장을 봤는데 이제는 나뿐 아니라 모든 사람이 온라인으로 장을 봐서 그런지 온갖 식료품이 거의 매일 품절 상태이고, 어찌어찌 장을 본다 해도 예전에는 당일이나 다음 날에 왔던 것이 이제는 사흘씩 기다려야 한다.

어느 날 마트에 들어섰는데 마침 과일 코너에서 타임세일이 시작됐다. 마이크를 잡은 아저씨는 "딸기가 한 팩에 2,000원!"이라고 소리쳤다. 정상가는 그 두 배였기에 얼른 가서 괜찮아 보이는 두 팩을 골라 가져왔다. 투명한 플라스틱 용기에 두 줄로 차곡차곡 들어가 있는 딸기. 윗줄은 좀 크고 신선해 보였지만 아랫줄은 작고 시들했다. 타임세일 방송을 듣자마자 예상한 일이다. 상품성이 조금 떨어지니까 가격을 내려 파는 거겠지. 이런 딸기지만 한 팩도 아니고 두 팩을 사서 실컷 먹을 생각을 하니 기분이 좋았다. 무른 딸기도 그리 싫지 않다. 괜찮은 것들은 그냥 먹고, 좀 무른 것들은 으깨서 우유에 넣어 먹으면 아주 맛있다.

집에 와 딸기를 우르르 부어 찬물에 여러 번 씻고, 칼로 하나씩 꼭지를 따며 으깰 것과 그냥 먹을 것을 구분했다. 나는 꼭지를 다 따서 포크로 쏙쏙 집어먹는 게 좋다. 엄마는 딸기 꼭지를 따지 않으시는데, 딸기를 사오면 식구들이 모여 초록색 꼭지를 손가락으로 집고 딸기 과육을 앞니로 잘라서 먹었다. 혹시라도 달지 않은 위쪽 하얀 부분을 남기면 꾸지람을 들었다. 그건 수

박도 마찬가지. 수박은 빨간색 과육이라 해도 껍질 쪽에 가까워질수록 맛이 밍밍한데 빨간색 과육을 채 다 먹지 않고 버리면 나무라셨다. 지금 생각하면 남기지 않고 싹싹 먹는 버릇을 들이려 노력하셨던 것 같다.

엄마는 무른 딸기를 골라 숟가락이나 손으로 으깨고 설탕을 넣어 밀폐용기에 넣어두셨다. 그걸 우유에 타서 먹으면 훌륭한 간식이 됐다. 다른 간식은 잘 드시지 않는 엄마 아빠도 그렇게 만든 생딸기 우유는 항상 기쁜 표정으로 드셨다. 나는 엄마 옆에서 가끔 딸기를 골라내기도 하고 으깨기도 했다. 그러면서 설탕이 생각보다 많이 들어가야 맛있다는 사실도 배웠다.

예전의 엄마가 그랬듯 싱크대 앞에 서서 좋은 딸기와 무른 딸기를 골라내면서, 엄마도 나처럼 할인하는 딸기를 사오셨겠지 하는 생각이 들었다. 가장 식구가 적을 때는 부모님과 나, 셋이었지만 가장 식구가 많았을 때는 언니, 이모, 할머니, 사촌동생까지 해서 입이 일곱까지 늘어났던 우리 집. 얼마나 많이 먹고 얼마나 많은 돈이 들었을까? 그때는 어려서 생활비라는 게 이렇게 무서운 줄 몰랐다. 지금 나는 룸메와 둘이 사는데도 이렇게 구석구석 돈 들어갈 일이 많고, 마트에서 식재료를 아무리 적게 사려 해도 한 번에 2만 원은 기본으로 나가는데. 엄마는 늘 할인하는 상점을 찾아다녔을 테고 그러니까 엄마가 사온 딸기는 늘 어느 한구석이 무른 딸기였던 것이다.

결혼 전에는 생활비가 어느 정도인지 가늠이 되지 않아서 먼저 결혼한 친구들에게 물어보곤 했다.

"너희 집은 한 달 생활비가 얼마나 들어?"

지금 생각하면 무례한 질문이었다. 집집마다 형편이 다르고 삶의 방식도 다르니 당연히 생활비도 모두 다르다. 그런데 그중 한 친구에게서 이런 말을 들었다.

"식비가 너무 많이 들어서 우리 집은 과일 먹는 걸 포기했어."

당시엔 그 말을 정확히 이해하지 못하고 '그래도 과일을 아예 안 먹는 건 좀 힘들지 않을까?'라고만 생각했다. 그런데 내 가정을 꾸려 생활해보니 그 친구의 상황이 완벽히 이해됐다. 나도 자연스럽게 과일을 포기했기 때문이다.

사고 싶어도 과일은 언제나 내가 생각한 것보다 비싸다. 사과 대여섯 알에 1만 원이고 청포도나 망고 같은 과일은 두 명이 먹을 양이면 2만 원은 각오해야 했다. 포도계의 왕이라는 샤인머스캣은 아직 못 먹어봤다. 그나마 사 먹을 만한 과일은 한 송이에 4,000원 정도 하는 바나나와 제철에 나오는 귤이다. 귤은 작은 박스에 1만 원 안쪽으로도 살 수 있었다. 그렇다고 영양소가 부족할 일은 없다. 과일을 포기하는 대신 채소를 부지런히 먹기로 했으니까. 다만 다양한 과일의 향긋함과 입안을 감싸는 달콤하고 새콤한 맛이 가끔 아쉬울 때가 있다. 아이스크림이나 과즙이 함유된 음료로는 달래지지 않는 그 다채로운 맛. 너무너무 과일이 먹고 싶을 때나 특별히 저렴한 것이 보이면 가끔 사온다. 매일 먹을 수는 없어도 어쩌다 한 번은 나에게 과일을 먹여주자 싶어서.

코로나로 맨 처음 지원금이 지급됐을 때, 특별히 많이 판매된 품목이 과일과 고기라고 했다. 바꿔 말하면 생활비가 모자라 식생활을 조절한다면 가장 먼저 줄이게 되는 품목이 과일과 고기라는 뜻이다. 그때 나뿐 아니라 수많은 사람들이 과일을 못 먹고 있었다는 생각에 울컥하면서도 반가운 마음이 들었다. 나 혼자 이런 건 아니구나 싶어서. 그 시절 엄마는 철마다 우리에게 다양한 과일을 먹이기 위해 얼마나 애를 썼을까.

지금 엄마는 아빠와 둘이서만 살고 계신다. 엄마가 일을 그만두시게 되면서 가계 수입도 줄었지만 아직 아빠가 일하고 계셔서 두 분이 사시기에 부족함은 없는 것 같다. 부모님은 과일을 마음껏 드시면서 지내신다. 요즘 엄마가 사는 딸기는 무른 것이 없을까? 하나도 없었으면 좋겠다. 이제 부모님은 예쁘고 고운 딸기만 드셨으면 좋겠다. 내가 무른 딸기를 먹는 건 아무렇지도 않다. 그게 바로 자식의 마음 아닐까(웃음).

망원동 물난리의
기억

《아무튼, 망원동》이라는 제목의 책이 있다. 성산동과 망원동을 터전으로 살았던 저자가 지금의 소위 '망리단길(순식간에 힙해졌던 동네 '경리단길'에서 이름을 따와 곳곳을 이렇게 부르는데, 마치 젠트리피케이션의 상징인 것만 같아서 나는 이 단어가 싫다)'을 보며 예전 망원동 시절을 추억하는 내용이다. 나도 그 책을 읽는 내내 기억 속의 망원동을 많이도 끄집어냈었다.

태어나 결혼 전까지 30년이 넘도록 망원동에 살았다. 내가 망원동을 떠날 때는 홍대와 상수동에서 밀려

대체로 가난해서

온 특색 있는 가게들이 하나둘 생겨나기 시작할 무렵이어서, 실제로 '망리단길'이 되고부터의 망원동은 내게 조금 낯설다. 그래도 언제나 망원동은 나의 애틋한 고향이고 아직 부모님이 살고 계신 곳이다.

"저 망원동 살아요."
"거기 물난리 나는 동네?"

망원동은 서울에서 유명한 상습 침수 지역이었다. 최근까지도 어른들에게 망원동 산다고 하면 이런 말을 들을 만큼.

우리 집은 물난리 피해를 많이 겪었다. 그러니까 다른 망원동 주민들보다 조금 더 많이 말이다. 잘 알려진 1984년, 1987년 물난리 때도 망원동에 살긴 했지만(나는 너무 어려서 기억이 없어 친척집으로 피난을 가고 부모님이 했던 가게가 크게 손해를 봤다는 정도로만 알고 있다), 1990년대부터는 아예 한강 코앞에서 살게 됐기 때문이다. 망원동의 물난리는 한강이 넘쳐서 난다. 장마철만 되면 우리 부모님뿐 아니라 동네 어른들 모두가 자주 한강에 나가 수위를 확인하곤 했다. 한강이 넘치면 바로 우리 집으로 물이 들어왔다. 같은 망원동이라도 한강에서 좀 떨어진 집들은 그런 자잘한 수해까지 입지는 않는데 우리 집은 그야말로 직방이었다.

당시에 살던 곳은 낮은 빌라였는데, 우리 집은 1층인 데다 지하실도 있어서 물이 조금만 넘쳐도 금세 난리였다. 부모님은 모래주머니를 쌓아 지하실 입구를 막았지만 한계가 있어 지하실에 물이 들어가기 일쑤였다. 가끔 운이 좋아 별일 없이 지나갈 때도 있었으나 초등학생 무렵에는 여름마다 물 때문에 고생을 했다.

물론 실제 고생은 내가 아니라 부모님이 하셨다. 나는 상황이 얼마나 심각한지 모르고 그저 앞마당에 들어찬 물이 신기해 무릎까지 차오른 물을 발로 휘휘 저으며 돌아다녔다. 〈탐구생활〉(당시 초등학생 방학 숙제용 학습지)에 나오는 감자물레방아*를 만들어 실험을 하기도 했다. 사방이 물이니 물레방아 놀이를 하기는 안성맞춤이었다.

대체로 가난해서

그때 우리 부모님은 참 얼마나 애가 타고 힘들었을까. 혹여나 물이 넘칠까 조마조마하고, 물이 넘치면 그걸 막느라 온갖 힘을 써야 했고, 물이 물러가면 뒤치다꺼리를 한참이나 했을 것이다. 그런데도 우리 가족은 왜 거기 살았던 걸까(게다가 부모님은 아직도 그 자리에서 살고 계신다)? 지금 생각해보면, 우리들이 크면서 집을 넓힐 필요가 있었는데 한강 바로 앞의 그 빌라는 다른 곳들보다 저렴한 집이었을 가능성이 크다. 애초에 부동산 시세가 낮다는 이유로 결혼 후 망원동에 터를 잡았던 우리 부모님은 그때에도 역시 수해의 위험을 감수하고 그 집을 산 게 아니었을까.

고생 뒤에 낙이 온다고, 요즘은 비가 엄청나게 내려도 집 앞 한강이 넘치지 않는다. 망원 빗물펌프장이 생

★ 통감자 가운데에 막대를 박고, 몸통엔 돌아가며 책받침 자른 조각을 박아서 날개를 만든다. 철사로 다리를 세워 걸면 완성. 감자 위로 물을 부으면 바람개비 돌아가듯 물레방아가 돈다.

기면서 망원동은 이제 한강변 중 빗물 관리가 잘 되는 곳이 됐다고 한다. 어렸을 때 망원동을 지역구로 출마하는 의원들마다 수해 피해를 줄이겠다는 약속을 했던 기억이 난다. 생활과 정치가 이처럼 가깝다는 것을 어쩌면 나는 한강의 물난리를 통해 처음 배웠을 것이다.

망원동의 물난리는 그쳤지만 물난리가 현재진행형인 곳들은 아직도 많다. 2020년 초여름, 부산과 대전에서 큰 물난리가 났다. 그러나 어느 매체에서도 크게 보도해주지 않았다. 비가 점점 북상하며 수도권에 이르자, 그제야 온갖 방송사에서 앞다투어 보도를 했다. 부산 시민들은 이런 방송사의 모습에 분노하며 재난주관방송사인 KBS는 부산에서 수신료를 받지 않아야 한다고 주장하고 국민청원까지 올렸다. 말 그대로 '서울공화국'인 한국의 모습이 비를 따라 고스란히 드러났던 것이다. 인간이 어찌할 수 없는 자연재해 앞에서도 어떤 사람들은 소외감을 느끼게 된다. 지역 균형 발전을 말하기 전에 지금 살고 있는 사람들의 생활부터 챙겨야 하지는 않을지, 질문을 던져본다.

대체로 가난해서

깊이 새겨진
절약 DNA

혼자 사는 집이 아니다 보니 아무래도 신경 쓰이는 부분들이 있다. 함께 살면서 룸메에게 추한 모습을 많이 보여주게 됐지만, 아무리 친한 관계여도 정말 보여주고 싶지 않은 것이 있다. 바로 변기 속이다(아니, 세상에 그걸 남에게 보여주고 싶은 사람이 어디에 있담!).

우리 집 변기는 기본적으로 항상 뚜껑이 닫혀 있다. 용변 후에 물을 내릴 때 뚜껑을 닫지 않으면 변기 속 물이 여기저기로 튀기 때문에 위생상 꼭 그렇게 한다. 물을 내린 뒤에 뚜껑을 다시 열어두는 사람도 있지만 열어놓은 변기 속으로 멀쩡한 두루마리 휴지 한 통이 굴러 떨어지기도 하고, 치실통이 빠져 통째로 버린 경험도 있어서 보통은 잘 닫아둔다.

소변을 보고 물 내리는 걸 잊고 그냥 나온 적이 있다. 뚜껑을 닫아두다 보니 변기에서 일어나 손을 씻는 중간에 아차 하고 정신이 팔리면 물 내리는 걸 잊을 때가 가끔 생긴다. 내가 먼저 발견하면 다행이지만 룸메가 발견하면 이 무슨 창피인가. 몇 번 실수를 한 뒤로는 자꾸 신경이 쓰여서 룸메가 집에 있을 때는 가끔 다시 가서 변기를 슬쩍 열어보기도 한다. 어쨌든 그런 나를 보고는 룸메가 이렇게 말했다.

"옛날에 우리 집은 소변 누고 물을 못 내리게 했어. 모았다 싸라고."

이 말을 들은 나는 같이 낄낄 웃었다. 우리 집도 그랬으니까. 최소한 두 명이 소변을 보고 나서 물을 내리라는 명령이 떨어진 적도 있고, 변기에 채워졌다가 흘러내려가는 물이 아까워 변기 물통 속에 벽돌을 채워

넣기도 했다. 그러다가 물이 모자라 제대로 안 내려가면 벽돌을 치우고 다시 물을 내렸다. 손을 씻거나 머리를 감으면서 나오는 오수를 그냥 흘려보내지 말고 변기에 부어서 물을 내리라는 권고도 있었다. 이처럼 다양한 절수 정책이 있었는데 지금 생각하니 그래서 얼마나 아꼈을까 궁금하기도 하다. 다른 절수 방법들은 다 추억이라며 웃고 넘어갈 수 있지만, 변기 물만은 바로바로 내려야 한다. 냄새도 나고 비위생적이니까.

◂

부모님은 가끔 한탄처럼 "너네는 참 좋은 시절에 태어났다" 하셨다. 우리 부모님은 전후 세대로, 아빠가 세 살 때 한국전쟁이 일어났다. 전쟁을 겪고 난 뒤의 한국은 지금과 아주 다른 상황이었다. 쌀밥 구경을 하기 힘들어 보리밥을 자주 먹었다. 보리마저 떨어지면 산나물을 캐다가 죽을 끓여 먹었다고 한다. 라면은 정말 귀해서 별식으로만 먹거나 저렴한 국수에 라면을 섞어 끓이기도 했다는 이야기도 들었다. 그런 어린 시절을 보낸 엄마 아빠는 먹고살 만해진 세상에 태어난 우리를 잘 키워야 한다는 다짐과 함께 당신들이 가지지 못한 풍족한 어린 시절에 대한 부러움도 있었던 것 같다. 하지만 우리는 우리 세대끼리 경쟁하고 비교할 뿐, 본 적도 없는 부모님의 어린 시절과 나를 비교하며 감사하는 마음은 아무래도 잘 들지 않았다.

용돈이라는 것을 초등학교 고학년이 되어서야 받을 수 있었던 나는 항상 친구들을 부러워했다. 어떤 친구에게는 바비 인형이 수십 개나 있었는데 심지어 국내에서 구하기 힘든 미국형 바비와 남자형 바비(이름이 뭐였더라, 토니였나?), 아프리카계 바비까지 있었다. 친구는 아예 장식장을 짜서 한 칸에 인형을 두 개씩 넣어 바비 아파트로 꾸몄다. 인형, 옷, 가구와 소품까지 모자란 게 없는 완벽한 인형의 집이 여러 채였던 셈이다. 또 다른 친구네는 팩을 넣는 게임기가 있어서 방과 후에 자주 놀러 갔는데 나는 거기서 처음으로 슈퍼마리오 게임을 해봤다. 게다가 그 친구는 항상 부모님이 늦게 들어오셔서 아이들끼리 돈가스를 배달시켜 먹었는데 웬만해서는 외식을 안 하는 우리 집과 비교하면 역시 부러운 일들이었다. 우리 집에는 멋진 인형도 게임기도, 심지어 비디오 플레이어도 없었다. 아이들끼리 배달 음식을 시킨다는 것은 전혀 상상하지 못했다. 오락을 위한 그 무엇도 없어서 이미 다 읽은 책을 또 읽는 것 말고는 할 일이 없었다. 그래서인지 친구들이 와도 놀거리가 마땅치 않아 별로 데려오지 않았다. 언제나 남의 집이 더 재밌었다.

오랜 친구 해인은 지금도 나만 만나면 이불 사건을 들먹이며 놀린다. 대학생이던 어느 겨울날 해인이 우리 집에 놀러왔다. 나와 방에서 이불을 덮은 채로 오순도순 이야기를 나누다가 TV를 보러 거실로 나가려는데, 이불을 갖고 거실로 나오는 해인을 내가 단호하게 막아섰다.

"우리 집에서는 거실에 이불 갖고 못 나가."

내가 어찌나 단호했던지 해인은 얼떨떨하게 알았다고 하고는 순순히 이불을 놓았다. 그러고는 내내 춥게 거실에 앉아 있었다고 회상했다.

우리 집에서 이불은 그렇게 함부로 여기저기 갖고 다닐 수 있는 물건이 아니었다. 오로지 방 안에서, 그것도 잘 때만 펼쳤고, 이불을 펴두고 그 위를 지근지근 밟고 다니는 행동을 하면 반드시 부모님께 꾸중을 들었다. 만약 거실에 있을 때 추우면 옷을 더 껴입거나 거실에서 덮을 수 있는 이불을 따로 꺼내야 했다. 아마도 엄마는 이불 빨래가 너무 번거롭기 때문에 이불을 더럽히는 행동을 금하셨던 것 같다. 아무튼 그런 규칙에 길들여진 나는 친구에게도 칼 같이 대처하는 바람에 아직도 놀림받고 있다. 해인은 어쩜 그렇게 추운 집에서 이불도 못 덮게 하냐며 정말 냉정한 집이라고 말하면서 웃곤 한다. 그날 방에서 이불을 덮은 것도 해인이 춥다고 해서 나름대로 배려해 꺼내주었던 것임은, 더 놀림감이 될까봐 아직 말하지 않았다.

그 규칙은 부모님 댁에서 아직도 유효하고, 지금 우리 집에서도 유효하다. 이불은 깨끗하고 포근하며 우리를 편안한 잠의 세계로 인도하는 신성한 물건이다. 마음대로 아무 데나 질질 끌고 다니는 건 용납이 안 된다.

내 기억 속의 집은 늘 추웠다. 어린 시절에 춥다고 불평하면 할머니나 부모님은 '일본 애들은 한겨울에도 반바지를 입고 학교에 간다'는 말로 일본 아이들의 정신력을 칭찬하면서 우리들의 연약한 태도를 지적했다. 친구들 집에 가보면 어떤 집은 우리 집만큼 춥기도 했지만 어떤 집은 한겨울에도 반팔을 입을 만큼 따뜻했다. 그런 집에서는 들어서자마자 겉옷부터 벗기에 바빴고 극명한 온도차가 신기하기만 했다. 따뜻한 친구 집에 다녀와서 부모님께 이야기하면 '사람이 좀 춥게 살아야 건강하다'는 말을 들었다. 그런데 어른이 되고 나자 부모님은 여전히 춥게 사는 나에게 "너무 춥게 살면 병나. 불 좀 때고 살아"라고 말씀하신다. 이로써 확실히 밝혀졌다. 어렸을 때 집이 추웠던 건 정신력이나 건강 때문이 아니라 난방비 때문이었던 것이다. 어쨌든 어렸을 때 춥게 산 덕분인지 지금도 조금 추운 집에서 잘 살고 있다. 그때의 부모님처럼 지금의 나도 난방비가 무섭다. 그래도 아직 추워서 병날 걱정까지는 안 하는 나이라는 게 다행이려나.

초등학교 4학년 즈음 부모님은 소극장을 운영하셨다. 당시에는 꽤 큰 사업적 결단으로 그 극장을 시작했다. 시설을 빠짐없이 구비했고 작게나마 매점도 있었으며, 귀여운 티켓도 발행했다. 극장은 서울 도봉구에 있었다. 우리 집은 망원동이니, 지하철로 1시간 30분 정도는 가야 도착하는 곳이었다. 자가용도 없었기 때문에 휴일도 없이 매일매일 그 길을 오가는 건 꽤나 힘든 일이었다. 그런데 엄마는 그 동네 시장에서 싼 식재료나 물건을 발견하면 한 뭉치씩 힘겹게 사 들고 집까지 오셨다. 엄마는 요즘 통화 중에 내가 시장에 간다고 하면 이렇게 말씀하신다.

"너무 무거운 건 사지 마. 싸다고 많이 사지도 말고. 그거 들고 오래 걸으면 무릎 망가져. 몸에 아주 안 좋아."

대체로 가난해서

경험에서 우러난 조언이다. 엄마는 당시를 회상하며 망원동에도 분명히 싸고 좋은 물건들이 있었을 텐데 그땐 왜 그렇게 멀리서 낑낑거리며 사 들고 다녔는지 모르겠다고 하신다.

지금 나는 그 마음을 정확히 이해한다. 먼 동네에 갔다가 아주 싼 과일이나 채소를 보면 사고 싶어서 발을 동동 구른다. 우리 동네에서도 얼마든지 구할 수 있는 것들인데 마치 눈앞에 보이는 지금 사지 않으면 신기루처럼 사라져버릴 것 같은 느낌이 든다. '물건 싸게 사기 게임' 속 플레이어가 된 기분이랄까? 잠깐만 참고 자리를 벗어나면 그 욕구는 사라진다.

소극장 시절은 지금 생각해도 참 힘들었다. 극장에서 상영하는 작품을 홍보하기 위해 부모님은 주변 지역에 포스터를 붙이러 다녀야 했다. 처음에는 포스터 붙이는 사람을 고용했지만 손님이 줄면서 그 비용도 아끼려고 직접 나서게 됐다. 거리의 벽이나 전봇대에 포스터를 붙이는 일은 사실 불법인지라 밤중에 공무원의 눈을 피해가며 붙여야 했다. 포스터를 붙이는 날이면 두 분은 밤 12시가 넘어서야 이루 말할 수 없이 지친 모습으로 집에 들어오셨다. 당시엔 너무 어려서 그게 얼마나 힘든 일인지 미처 다 헤아리지 못했음에도 부모님이 어렵게 일하신다는 것만은 확실히 알 수 있었다.

그렇게 힘들게 일한 것이 무색하게도 소극장은 몇 년 만에 망하고 말았다. 사업을 시작할 때는 꽤나 전망이 좋았다지만 이런저런 법이 바뀌면서 수익성이 아주 떨어지는 사업이 되고 말았다. 큰마음 먹고 시작한 사업이라 들인 돈이 적지 않았다. 부모님은 매월 적자를 거듭하면서도 이 일을 어찌할 줄 몰라 붙들고만 있었다. 급기야 아빠는 생활비라도 벌기 위해 본래 전공인 전기 기술직으로 취직해 겸업을 하셨다. 적자가 반복되면 빚이 된다. 이미 사업 자금으로 낸 빚에 매달 임대료와 운영비도 전부 빚이었다. 두 분은 버티고 또 버티다가 결국 감당하기 어려울 만큼 커진 부채와 함께 폐업을 결정했다. 그 무렵 집안의 공기는 너무나 무거워서, 상황을 정확히 알지 못했던 나도 그때만 생각하면 가슴이 답답해진다. 엄마는 언제나 화가 나 있거나 슬펐고 아빠는 말없이 한숨만 쉬었다. 아마도 부모님은 폐업을 하고도 그 소극장에서 오랫동안 벗어나

대체로 가난해서

지 못했을 것이다. 실패의 기억은 갚아야 할 빚으로 눈앞에 쌓여 가족들의 목을 졸랐다. 폐업 후 아빠는 계속 직장에 다니셨고 엄마는 하루도 채 쉬지 않고 바로 직장을 찾으셨다. 그러나 이어서 우리를 찾아온 것은 안정이 아니라 IMF였다.

지금이야 교과서에나 나오는 일이 됐지만 IMF는 한국의 많은 가정과 기업, 사회 전체에 큰 영향을 미친 국가적 불행이었다. 우리 집도 직접적인 영향을 받긴 했지만 더욱 큰 문제는 작은아버지의 부도와 도피였다. 사업을 하다가 망해서 미국으로 혼자 도망을 간 것이다. 사업이 망했는데 그 가정이 멀쩡할까. 그의 자녀들도 빚과 함께 고스란히 남겨졌다. 아빠의 형제들은 다들 조금씩 그 사업에 돈을 빌려주거나 보증을 선 상태였고 그중 처지가 그나마 나았던 게 우리 집이어서 사촌동생을 거두게 됐다. 그 무렵의 명절은 살얼음판 그 자체였다. 모이면 으레 고함이 터졌고 누군가는 꼭 울음을 터뜨렸다. 내가 명절을 유독 싫어하게 된 것은 여성에게만 집중된 명절 노동뿐 아니라 그 시절의 험악하고 거칠기만 했던 기억 탓도 클 것이다.

그래도 참고 또 참으면 언젠가는 나아지는 것이 시간이 주는 위안이겠지. 언니와 내가 모두 학업을 마치고 취직을 할 무렵의 어느 날, 저녁 식탁 앞에 앉은 우리에게 엄마는 자못 엄숙한 표정으로 말씀하셨다.

"이제 어느 정도 빚이 정리됐다."

아예 부채가 없는 것은 아니었지만 개인적으로 여러 사람들에게 진 빚은 모두 갚았다고 했다. 한 은행에 빚을 모아놓았고 이는 천천히 갚아나갈 수 있는 조건으로, 매달 전전긍긍하던 상황에서는 벗어난 것이었다. 그 말씀을 하던 날 부모님의 표정은 진지하면서도 후련해 보였다. 오랜 괴롭힘에서 벗어난 기분이었을까.

그날 이후 우리 집에서 가장 먼저 바뀐 것은 바로 두루마리 휴지였다. 아빠는 마트에서 가장 비싼 크리넥스 휴지를 사들고 오셨다.

"아니, 돈 조금 더 주면 이렇게 좋은 휴지를 쓸 수 있는데 말야."

대체로 가난해서

아빠는 휴지를 만지며 허허 웃었다. 왜 하필 휴지였을까? 가장 원초적인 일을 해결하며 뒤를 닦는 물건에서 아빠는 살갗에 와닿는 여유를 느끼고 싶었던 것일까?

그 후 10년이 넘는 시간이 흘렀지만 여전히 부모님 댁의 화장실 휴지는 크리넥스 제품 중 가장 부드러운 것이다. 나도 살림을 하는 입장이 되고 보니 휴지 하나 사는 데에도 얼마나 돈이 많이 들고 아까운지 모른다. 내 엉덩이를 조금만 양보하면 훨씬 싼 휴지를 살 수 있다. 그렇게 싸고 거친 휴지를 쓰다가도 어쩌다 한번 좋은 휴지를 사용하면 그 부드러움을 더욱 절실히 느낀다. 좋은 휴지는 부드러울 뿐 아니라 더 두껍고 질기다.

몸이 조금만 피곤하면 질염이 재발해 부인과 검진을 받는데, 의사가 아래를 너무 빡빡 닦지 말라고 당부했다. 순간 머릿속에 떠오른 건 우리 집 화장실에 걸려 있는 싸구려 휴지였다. 고급 휴지를 쓸 때는 아랫부분이 자극되지 않았던 기억이 난다. 그제서야, 이렇게 여러 겹의 경험을 하고서야 나는 아빠의 휴지 사랑을 어슴푸레 이해해보는 것이다.

딱히 결혼이
하고 싶다기보다는

내가 룸메라고 부르는 사람은 나의 법적 배우자다. 우리는 결혼을 했고 부부 관계다. 그런데 왜 룸메라고 부르고 있냐면……. 우선 우리 관계의 기본 상태가 룸메이트이기를 바라기 때문이다. 개인 두 명이 함께 사는 형태의 생활 공동체에서 보통 상대방을 '룸메이트'라고 한다(우리말로는 뭐라고 해야 할까, 방친구? 방짝?). 연애 시절에도 그를 지칭할 때 '남친'이나 '남자친구'보다는 이름을, 둘이 서로를 부를 때도 애칭 없이 역시 이름으로 부르곤 했으니 어찌 보면 일관성이 있다고 할까? 룸메이트는 대개 서로를 존중하고 배려하며 가사노동을 나누고 사생활을 가진다. 하지만 부부는 그렇지 않다. 남편과 아내라는 이름 아래에서는 너무 많은 경계가 사라지고 그 때문에 오히려 서로를 옭아매기도 예의를 잃기도 쉽다.

사실 이건 만들어낸 이유다. 진짜 이유는 결혼을 한 뒤 나도 남들처럼 '남편'이나 '신랑'으로 그를 부르려고 해봤으나 도통 입이 떨어지지 않았기 때문이다. 그래서 룸메라는 호칭을 쓰기 시작했다. 남편이라는 말에 자동으로 따라오는 '아내'라는 단어, 신랑이라는 말에 짝으로 달린 '신부'라는 말. 그 어느 것도 나를 가리키는 단어로는 여겨지지 않았다. 왜인지는 잘 모르겠다. 왜 그 말들이 그토록 갑갑하게 나를 옥죄었는지 정확히 설명할 수는 없지만 그저 내 이름으로, 나 자신으로, 한 사람의 개인으로 존재하고 싶었다.

결혼 전 8년을 연애했다. 알고 지낸 것은 청소년 때

부터니까(같은 교회에 다니는 동네 친구였다) 훨씬 오래됐다. 결혼의 결정적 계기는 그의 제안이었지만, 그 전부터 둘이 결혼 이야기를 주고받기는 했다. 일명 '결혼적령기'의 남녀가 오래 사귀면 주변에서는 으레 결혼 이야기를 꺼내는데 막상 나는 결혼을 해야겠다는 생각도, 하고 싶다는 욕구도 없었다. 그저 언젠가는 하겠거니 정도의 미지근한 태도였을 뿐이다. 결혼에 대해 진지하게 고려해본 적이 없다고 해야 더 정확하겠다. 다만 오래 사귄 연인과의 루즈한 관계에 대한 고민은 많았다. 카페, 식당, 영화, 도서관, 전시장. 우리의 데이트는 이 몇 가지 루트의 반복이었고 슬슬 다른 단계가 필요했다. 계속 같은 레벨로 영원히 반복하는 게임이 있다면 누구나 금세 질리고 말 것이다. 관계도 레벨업을 해야 하는데 다음 단계는 동거 혹은 결혼이었다.

나는 부모님과 함께 살고 있었고, 그는 서울 생활을 잠시 정리하고 지방의 고향 집에 내려가 있었기 때문에 동거를 하려면 일단 거처를 마련해야 했다. 독립자금에 대해 생각하자니 역시 그냥 같이 사는 게 더 나을 것 같았다. 양쪽 부모님은 모두 독실한 기독교 신자

대체로 가난해서

여서 분위기상 동거라는 말은 꺼낼 엄두도 못 냈다. 부모님을 속이고 동거를 하게 된다면 부모님을 만날 때마다 매번 거짓말을 하며 괴로워했을 것이다. 지금 다시 고르라면 독립을 먼저 했겠지만 그땐 결혼이 정확히 어떤 건지 모르고 선택해버렸다. 그래, 솔직히 말하자면 편한 선택지를 고른 것이었다. 마침 우리는 시스젠더 이성애자였고 나이도 비슷했다. 소위 '정상가정'을 이룰 수 있다. 결혼도 혼인신고도 하려고만 하면 다할 수 있으니 별 고민을 하지 않아도 됐다. 그런데 우리가 생각한 결혼과 부모님이 생각한 결혼은 또 달랐다. 부모님의 세상에서 우리는 정상이 아니었다.

처음엔 우리 엄마와 아빠가 모두 반대하셨다. 이유는 딱 하나. 룸메가 돈을 못 벌기 때문이었다. 그는 음악가인 데다가 국내에 리스너가 많지 않은 장르를 하고 있어서 대박을 노려볼 형편도 아니었다. 파트타임으로 일해서 간신히 돈을 모아 스스로 앨범을 만들거나, 누군가 음악에 대한 애정으로 앨범 제작을 맡아주어 겨우 작품 활동을 이어나가고 있었다. 음악으로 생활비를 벌기는 어려웠다. 부모님은 사윗감의 직업이 가난한 음악가인 것에 아주 부정적이었다. 동시에 회사를 다니지 않고 프리랜서로 일하는 상태였던 내 수입 또한 비정기적이며 넉넉하지 않았다. 그래도 우리가 이미 오랫동안 사귀어왔다는 걸 알고 있는 엄마는 탐탁지는 않아도 어느 정도 받아들이고 계셨다. 하지만 아빠는 완고했다.

"둘 중 누구 하나라도 안정적인 수입이 있어야 될 것 아니냐."

"생계를 유지할 수 없다면 그게 직업이라 할 수 있겠니? 음악은 취미라고 해야 하지 않아?"

"네가 서른이든 마흔이든 나이는 하나도 중요하지 않아. 결혼할 준비가 되지 않았는데 어떻게 결혼을 하니?"

"그래, 너희들이 사귀는 건 인정하마. 하지만 결혼은 좀 더 준비가 되어야지."

대체로 가난해서

결혼하겠다며 룸메가 정식으로 인사를 왔을 때 들은 말들이다. 더 상처를 주는 말들도 많았는데, 그 말들의 요지는 같았다. 맛있는 요리를 한 상 가득 차려 환대의 제스처를 취하긴 했으나 결국 아빠가 말씀하신 내용은 '결혼 반대'였다. 만나기 전부터 제발 돈 얘기는 꺼내지 말아달라고 내가 드린 부탁은 아무런 소용이 없었다. 아빠는 그의 존재와 능력과 성실을 의심하고 무시했다. 자리를 파하고 우리 집을 나선 그는 깜깜한 골목 가로등 아래에서 울었다. 나와 결혼을 못해서가 아니라 마음에 상처를 입어서였다. 신경 써서 차려입은 양복이 어색했다. 옆에서 몇 번이나 사과를 하며 나도 울었다. 가난한 음악가와 수입이 불규칙한 프리랜서에게 결혼이란 비정상적인 일이었다.

아빠의 마음을 이해하지 못하는 건 아니었다. 부모님은 어려운 시절을 견뎌왔고, 지인이나 친척 중에는 돈 때문에 결혼 생활이 시끄럽게 끝난 사람도, 돈이 너무 없어 아직까지 주변에 생활비를 빌리는 사람도, 사이비 종교에 빠져 모든 인연을 끊은 사람도 있었다. 부모님은 내가 그렇게 힘든 삶을 살까 봐 무서웠을 것이다. 본인의 일이라면 몰라도 자식에게 예견된 불행은 막고 싶었으리라. 또 나에게 그는 수 년을 함께한 연인이었지만 부모님에게는 그저 낯선 청년일 뿐이었다. 이 사람의 온갖 좋은 점을 나는 알지만 부모님은 모른다.

그러나 정작 내가 크게 실망했던 건 부모님도 신혼 때 저렴한 집을 찾아 망원동에 정착했으며 휴지 하나도 아끼던 시절을 보낸 경험이 있는데, 부족하더라도 어떻게든 시작해보려는 우리의 마음을 무시하는 태도였다. 또한 서른이 넘은 성인인 나의 존재와 선택을 존중하지 않고, 생활 능력조차 없는 사람 취급하는 모습에 큰 배신감을 느꼈다. 그가 어떤 상황이든 내가 선택한 사람이라는 사실은 변하지 않는데 그런 점은 하나도 고려되지 않았다. 아빠가 나를 전혀 믿지 못하고 있다는 걸 이 일로 알게 됐다. 가족 중 막내여서 가장 존재감이 없고 발언권이 적었지만, 나의 결혼에서조차 그럴 줄은 몰랐다.

그동안 부모님이 가난한 삶을 정당화하기 위해 해왔던 모든 말들 — 사람은 가난에도 처할 수 있고 부에도 처할 수 있다, 조금 춥게 살아야 건강에 좋다, 애들

대체로 가난해서

이 용돈을 너무 많이 받으면 버릇이 나빠진다, 돈은 있다가도 없고 없다가도 있다, 사람이 좋아야지 돈이 아무리 많아도 소용없다 등등의 그런 말들 — 이 모두 허공에 날아갔다. 자식의 결혼을 앞두자 부모님에겐 돈이 그 어떤 가치보다도 우선이었다. 남들보다 부족하더라도 함께 어려움을 극복하겠다는 다짐, 서로를 아끼며 사랑해온 시간만큼 앞으로 더욱 정답게 지내겠다는 약속은 채 꺼내볼 수도 없었다.

⬩◀

결혼을 열렬히 원한 적이 없었던 나였지만 상황이 이렇게 되니 자연스럽게 결혼을 위한 투쟁이 시작됐다. 그날 이후 나는 아빠와의 소통을 중단했다. 나의 존재와 선택을 인정하지 않는 아빠에게 화가 났고, 당신이 그토록 오랜 세월 합리화해온 가난한 삶에 대한 태도를 이제 와 손바닥 뒤집듯 바꾸는 모습이 미웠다. 어쩌면 그저 나의 불만과 미움을 설명하기 위한 핑계일지도 모르지만 그땐 그렇게 생각했다. 한집에 살면서 제대로 눈도 마주치지 않았고 한 마디도 먼저 입을 떼지 않았다. 가급적 마주치지 않으려 노력했다.

셋이 사는 집에서 아빠와 나의 숨막히는 시간을 지켜봐야 했던 엄마가 먼저 지쳤다. 엄마는 나에게 '너 그러다 나중에 후회한다'며 유교걸의 효심을 자극했고, 아빠에게는 '당신 그러다 영영 딸 얼굴 못 보게 된다'며 협박했다. 엄마의 중재에 둘 사이는 조금씩 풀어졌으나 아빠는 그래도 '내가 뭘 그렇게 잘못했냐'며 억울함을 호소하신 것으로 전해 들었다.

아빠와의 관계는 시간이 지나면 풀릴 거라 생각해 일단은 실제적인 해결에 들어가기로 했다. 가장 먼저 문제로 느낀 것은 부모님이 나를 '품 안의 자식'으로 생각하고 아직도 집안의 막내 취급을 한다는 점이었다. 독립을 하겠다고 말했다. 이 집을 나가 혼자서 자립한 상태여야만 내 선택이 존중받을 수 있을 것 같았다. 부모님의 손에서 나를 빼내야 했다.

한편 나의 독립과 상관없이 그도 서울에서 거처를 구해야 했다. 그래야만 일을 구하든 뭘 하든 돌파구를 찾을 수 있었다. 우리에게는 옥탑방 월세라도, 고시원

한구석이라도 필요했다. 무작정 저렴한 집들을 알아보기 시작했다. 가까운 망원동과 합정동의 옥탑방 몇 곳을 둘러보았다. 겨울엔 춥고 여름엔 더운 방, 보안이 형편없거나 건물 사람들이 문 앞을 수시로 지나다니는 방, 지나치게 지저분해 도저히 눈 둘 곳이 없는 방 등 살기 힘든 곳이 대부분이었다. 돌아다니다 보니 마음에 드는 곳은 하나도 없고 기운만 빠졌다. 아무리 발품을 팔아도 마음에 드는 곳이 나올 것 같지 않았다.

머리를 모은 끝에 예산을 늘리기로 했다. 이대로 결혼을 추진한다는 전제로 함께 모을 수 있는 돈을 가늠하고 예산을 잡았다. 그리고 그와 공동으로 집을 구하겠다고 엄마께 말씀드렸다. 엄마는 나의 독립과 둘의 공동 집 중 어떤 걸 고르든 결혼 대기 상태인 이 커플에게 동거와 다름없는 상황이 펼쳐지리라는 걸 직감했다. 지나치지 않겠다는 약속하에(그러니까, 그 집에 가서 살지는 말라는 뜻이었다) 전셋집을 찾기 시작했다. 방은 두 개가 필요했다. 하나는 침실로, 하나는 내 작업실로 써야 했기 때문이다. 그의 형 부부가 직장 때문에 고양시에 살고 있었는데 마침 이사 준비를 하는 중이었다. 거실 없이 방 두 개, 화장실, 부엌으로 이루어진 작은 집이었으나 서울은 물론이고 경기도에서도 구하기 힘든 저렴한 전세였다. 그 집에 들어가기로 했다. 보증금을 절반씩 마련해 공동명의로 계약을 했다. 난생 처음 하는 부동산 계약이었다.

그렇게 마련한 집에 그가 상경해 들어갔다. 이제 우리는 그 집에서 데이트를 했다. 일주일에 한 번씩 만나 같이 장을 보고 요리를 하고 노트북으로 영화를 보다가 낮잠을 잤다. 밤이 되면 집으로 가는 나를 그는 하루도 빠짐없이 데려다주었다. 그러면서 함께하는 생활, 즉 결혼에 대한 구체적인 그림이 그려지기 시작했다. 그는 음악 작업을 병행하며 할 수 있는 일을 찾아 홍대의 한 레코드 가게에서 파트타임으로 일했다. 나는 프리랜서로 자리를 잡기 위해 노력했다. 동시에 엄마의 마음을 확실히 잡기 위해 애썼고, 그 노력이 가상했는지 엄마가 아빠를 꾸준히 설득해주셨다.

그렇게 기반을 마련한 다음 다시 결혼 허락에 도전했다. 처음 허락을 시도했던 때로부터 1년이 지난 시점이었다. 우리가 각자 버는 돈이 적지만 굶지 않을 만큼

대체로 가난해서

있었고, 서울 근교에 거처도 마련했으며 그동안 아빠도 어느 정도 마음이 풀어진 상태였다. 또한 이번에도 결혼을 허락해주지 않으면 그냥 같이 살아버릴 작정이었고 아빠와의 관계 단절까지 각오했다. 이번에도 엄마는 푸짐한 저녁을 차려 환대해주셨다. 아빠는 썩 마음에 차지는 않지만 이제 어쩔 수 없다는 듯, 드디어 허락해주셨다. 그렇게 결혼을 정식으로 추진하게 됐다.

부모님이 반대를 하지 않았다면 오히려 우리가 결혼에 대해 조금 더 여유롭게 고민할 시간이 있지 않았을까? 어쩌면 결혼을 하지 않았을 수도 있을까? 가끔 이런 생각을 한다. 멋대로 굴도록 놔두었으면 제 풀에 지쳐 헤어졌을지도 모를 일이다. 그저 연애 관계의 레벨업을 위해 필요했던 결혼, 동거보다 쉬워서 선택한 결혼이었는데 그 과정이 이리도 힘들고 다채로울지는 예상하지 못했다.

먼저 결혼한 언니들이 '결혼은 서로의 밑바닥을 보는 일'이라고 했던 것이 떠오른다. 내가 결혼에서 본 바닥은 남자친구의 것이 아니라 우리 부모님의 자식 걱정이었다. 그 바닥에는 당신들이 거쳐온 가난한 삶에 대한 고통과 두려움이 있었다. 결혼과 함께 내가 받은 숙제는 가난한 삶을 어떤 방식으로 부모님과 다르게 돌파해나가는지 보여드리는 것이다. 더 산뜻하고 되도록 행복하게 최대한 덜 힘들이며 살아나가고 싶다. 아마 그것이 부모님과 내가 공통으로 원하는 그림이라고 생각한다. 인생의 선택들은 결국 더 행복하고 싶다는 의지이기 때문에.

목표는
가장 보통의 결혼식

우리가 결혼을 준비하던 2012년과 2013년은 스몰웨딩이 유행하기 직전이었다. 당시 잠깐 유행한 것은 '셀프웨딩'으로 웨딩플래너 없이 신랑 신부가 직접 예식의 모든 과정을 준비하는 방식이었다. 셀프웨딩도 그 의도는 쓸데없는 비용을 줄이고 간략하게 행사를 치르고자는 하는 것이어서 결과적으로 스몰웨딩이 된 경우가 많았다. 그런데 정보가 많지 않았다. 관련된 책을 찾아봐도 한두 권밖에 없었고 대부분은 인터넷 검색에 의존해야 했다.

언젠가 이효리 씨가 방송에서 말했듯이 대부분의 스몰웨딩은 사실 비싼 결혼식이다. 작은 공간에서 여유롭고 소박하게 식을 치르는 광경은 아름답지만 그 여유를 위해 준비할 것이 너무나 많다. 그 무렵 한국에서 가장 저렴한 결혼 방식은 예식장 패키지였다. 예식장은 오로지 결혼식을 위해 존재하는 건물이니, 시간 대별로 사람이 들어가서 행사만 치르면 됐다. 모든 세팅이 완료되어 있고 직원들이 진행하는 절차는 군더더기 없이 정확하다. 음식도 하객들이 각자의 편의에 따라 언제든지 가서 먹을 수 있다. 당사자가 원하면 드레스와 메이크업, 폐백까지 전 과정을 예식장에서 한꺼번에 처리할 수도 있다. 만약 다시 결혼식을 꼭 해야 한다면 나는 예식장 패키지를 선택할 것이다.

그때는 나도 룸메도 모든 게 처음이었다. 그래도 주변인들의 결혼식을 봐오며 '저렇게 하지는 말아야지' 하는 지향점은 또렷했는데, 안타깝게도 그게 바로 예식장 결혼이었던 것이다. 어려서부터 예식장에 가면 눈살이 찌푸려지는 일이 많았다. 앞에서 어떤 엄숙한 선서를 하든 하객들은 마음대로 떠들었고 그건 뒷자리

일수록 심했다. 사람들이 수시로 들락거려 행사의 분위기가 흐트러지고, 축의금을 내야만 식권을 주는 시스템도 어딘가 장사 같아서 못마땅했다. 더욱이 가장 싫었던 점은 1시간 단위로 돌리는 예식이었다. 식장에 일찍 도착하면 이전 팀의 예식이 진행 중이라 갈 곳이 없었고, 예식이 끝난 뒤에는 조금만 머뭇거려도 사람을 쫓아내듯 다음 타임의 예식 준비가 시작됐다. 그런 광경을 수없이 보며 급기야 나는 예식장을 '결혼 공장'으로 명명했다.

'절대로 예식장에서는 결혼 안 할 거야.'

예식에 대한 나의 바람은 이것 하나였다.

양쪽 집안 어른들이 모두 독실한 기독교인이고 우리 커플도 동네 교회에서 만나 친해진 사이다 보니 자연스럽게 교회를 예식 장소로 골랐다. 어른들의 신실한 믿음도, 우리의 예식장 기피도 만족시키는 선택이었다. 다니는 교회에 말씀을 드렸더니 그곳의 예배당은 너무 작아서 추천하지 않는다고 하셨다. 서교동의 어느 건물 2층에 세 들어 있던 그 교회는 무척 아늑한 장소였지만 주차장도 식당도 없고, 가운데 큰 기둥이 있어서 시야를 가리고, 단상이 없어 사진을 찍기도 어려웠다. 그런 것들은 사소한 문제이고 예배당이 너무 아담해 하객들을 다 수용할 수 없을 것 같다는 게 가장 큰 문제였다. 교회 스태프가 우리를 교단 대학원 부속 교회에 연결해주셨다. 집에서 꽤 멀긴 했지만 서울 강북구 수유동의 호젓한 동네에 있는 그 교회는 멋진 단독 건물에 대학원 운동장 전체를 주차장으로 쓸 수 있고, 예식을 하루에 딱 한 팀만 받는다고 했다. 식당도 따로 있었고 하객들이 여유를 즐길 산책로와 카페까지 있어 좋은 조건이었다. 별 고민 없이 그곳으로 마음을 정했는데, 나중에 알고 보니 교회 예식은 돈이 많이 드는 일이었다. 건물 대여료와 난방비(예배당과 식당 건물 별도), 꽃 장식, 피아노 연주자, 사진, 엔지니어 등등 모든 항목에 별도로 값을 치러야 했다. 폐백은 예식 패키지에 포함되지 않아 옷과 상만 음식 업체에서 빌리고 상에 올라가는 음식은 따로 준비해야 했다.

이것저것 다 생략하고 작은 결혼식을 고려한 적도 있다. 하지만 반대에 부딪혔던 결혼, 그것도 돈이 없다는 이유로 결렬될 뻔한 결혼이었기 때문에 지나치게 조촐한 예식은 피하고 싶었다. 조금이라도 없어 보이면 '쟤들 가난해서 그래', '우리가 이해하자' 같은 소리를 들을 것 같았다. 그런 말은 절대 듣고 싶지 않았다. 자격지심이라 해도 어쩔 수 없다. 양가 부모님이 창피하게 생각할 만한 일은 만들고 싶지 않았다. 꽃 장식도 단상 위에만 놓으려던 계획을 바꿔 전체를 꾸며달라고 했다. 우리의 목표는 무난한 결혼식, 큰 흠도 큰 특징도 없이 흘러가 사람들의 기억 속에 크게 남지 않는 결혼식이었다. 애초에 결혼식을 왜 크게 해야 하는지, 왜 그 큰돈을 들여야 하는지 동의할 수 없었지만 어른들에게 더 이상 꼬투리를 잡히고 싶지 않다는 게 우리의 솔직한 심정이었다.

폐백도 한복도 사실 모두 거부하고 싶었다. 서양식 결혼을 하면서 전통혼례의 꼬리만 붙잡는 그 순서가 허례허식으로만 느껴졌다. 요즘은 양가가 모두 절을 받기도 한다지만 원래 신부 측은 폐백에 얼씬도 않

고 신랑 측 어른들에게만 절해야 한다는 점도 가부장
제 입장 의식 같아서 영 수상쩍고 탐탁지 않았다. 결혼
식에서 양가 어머니들만 한복을 입는 것도 늘 이상했
다. 그 행사에 참석하는 모든 사람이 말쑥한 서양식 정
장을 입고 있는데 왜 어머니들만 한복을 맞춰 입는 걸
까? 그런 고정관념에 얽매이지 않고 당사자가 입고 싶
다면 뭐든 즐겁게 입는 편이 좋지 않나 싶다.

　장소와 음식을 보통의 것으로 보이도록 세팅했으
니 이제부터는 아낄 수 있는 부분에서 최대한 아껴야
했다. 돈이 없기 때문이기도 했지만 모아놓은 돈을 결
혼식에 다 써버리면 앞으로 살림살이를 사거나 생활비
에 쪼들릴 때 믿을 구석이 없기 때문이었다. 딱 하루뿐
인 결혼식이 지나간 다음에는 우리를 기다리고 있는
셀 수 없이 많은 날들을 살아가야 하니까. 우리에게는
언제나 '어떻게 사느냐'가 더 중요했다.

　웨딩드레스는 전문숍에서 빌리면 100~200만 원
사이의 비용이 드는데 나는 30만 원대에 해외 직구로
마련했다. 주문할 때 내 치수를 상세히 적어서 보냈으
나 서양인과 체형이 달라서인지 몇 주만에 도착한 드

레스는 너무 풍덩했다. 다행히 당시 엄마가 운영하시던 옷수선 가게에서 맞춤으로 줄일 수 있었다. 애초에 '엄마 찬스'가 있기에 가능한 결정이었는데 드레스를 고치면서 엄마도 꽤 즐거워하셨던 기억이 난다(나만의 착각일지도 모르지만). 한복은 우리와 체형이 비슷한 친구네 커플에게서 빌려 입고 깨끗이 세탁해 반납했다. 결혼사진은 작가인 친구가 사례비만 받고 찍어주었고 하객 중에도 사진을 좋아하는 친구들이 많아 끝나고 난 뒤 여기저기서 멋진 사진을 받았다. 다만 영상을 찍어줄 사람이 없어서 비디오를 남기지 못했다는 점이 아쉬웠다. 가급적 기억에 남지 않는 결혼식이 목표였으니까 그 측면에서는 오히려 좋을지도.

신혼여행은 제주로 갔다. 요즘 세상에 누가 제주도 가냐, 혹시 임신해서 그렇냐, 임신해도 비행기 네다섯 시간은 괜찮다, 제주나 동남아나 비용은 똑같다 등등 여러 이야기를 들었지만 아직 제주를 못 가본 신랑을 위해 결정한 것뿐이었다. 그는 제주에도 못 가본 사람이 해외로 나가는 게 싫다고 했고, 나는 제주를 여러 번 가봤지만 호텔에 묵었던 적은 한 번도 없어서 원하는 호텔에만 간다면 좋았다. 우리는 나중에 이 결정을 천만다행으로 여기게 됐는데 왜냐하면 결혼식 당일, 결혼반지 실종 사건이 일어났기 때문이다.

우리는 결혼반지를 주얼리숍에서 맞췄는데 룸메가 보관하다가 식장에 가져오기로 했다. 그런데 예식날 아침 집에서 미용실로 가는 길, 그가 택시에 반지가 든 가방만 놓고 내린 것이다. 나는 식장에 도착해서야 그 사실을 알았고.

다니던 교회의 원로 목사님이 주례를 서주셨는데 결혼반지가 사라진 걸 알자마자 목사님께 가장 먼저 알렸다. 목사님은 반지 교환 순서가 되자 하객들에게 "반지는 신랑 신부가 미리 교환했다고 하니 지금은 생략하겠습니다"라고 간단히 넘기셨다. 어딘지 조금 이상한 안내였지만 아무도 뭐라 하는 사람은 없었다. 반지를 잃어버리고서야, 왜 서양 영화에서 반지를 신랑 들러리가 챙겼다가 예식 자리에서 전해주는지 비로소 이해하게 됐다. 예식날에는 당사자들이 챙겨야 할 사항이 너무 많고 인사를 나눌 사람도 많아서 종일 정신이 없다. 반지처럼 작은 물건은 잃어버리기 십상이다. 하지만 결혼의 상징처럼 여겨지는 반지는 비싼 예물이자 중요한 소품이기에, 다른 이에게 맡겼다가 딱 필요한 순간에 전달받는 것이다. 이제 와서 이해해봤자 아무 소용없지만 말이다.

아무튼 신혼여행지가 제주였기 때문에 우리는 큰 문제없이 반지를 추적해나갈 수 있었다. 그 와중에 그가 가장 잘한 행동은 택시비를 카드로 결제했다는 점이었다. 먼저 카드사에 연락해 택시 회사를 알아냈고, 택시 회사에서 그 택시 기사를 찾아주었다. 그런데 어렵게 연결된 기사는 반지를 보지 못했다고 딱 잘라 말했다. 곧장 다음 손님을 태웠는데 그 손님이 가져간 것 같다고 했다. 더 이상 뭘 어찌할 도리가 없어 시무룩해 있을 때 택시 기사에게서 다시 연락이 왔다. 사실은 반지를 자신이 갖고 있다며, 팔아버리려 했으나 심상치 않은 물건인 것 같아서 돌려주겠다는 말이었다.

제주시의 어느 한적한 길 위에서 우리는 기뻐 펄쩍

뛰었다. 앞서 택시 기사와 통화하면서 정말 중요한 물건이라 꼭 찾아야 한다고 한 말에 그의 마음이 움직인 것 같았다. 반지는 서울에 있는 가족이 바로 찾아다 주었다. 처음에 모른 척한 택시 기사가 밉기도 했지만 나중에라도 솔직히 말하고 돌려주었다는 게 얼마나 다행이고 고마운지. 반지를 찾고서야 우리는 마음 놓고 여행을 즐길 수 있었다.

그렇게 반지는 우리에게 돌아와 아직까지 잘 지내고 있다. 룸메는 몇 년 사이 손가락에 살이 올라 사이즈가 작아져서, 나는 여러모로 불편해서 지금 끼고 다니지는 않지만. 그날 이후 룸메는 택시에서 내릴 때마다 꼭 뒤를 다시 확인하는 습관이 생겼다. 아무튼 좋은 습관이지 않은가.

낳고 기르는 일에
대하여

"비 오는 날 동네 목욕탕 옆에서 떨고 있는 걸 데려 왔지요. 한증막 옆에서 비를 맞고 있었다고 해서 이름 이 한비예요. 지금은 한 열두 살인지, 열세 살인지 됐 어요. 밥은 사료 요만큼에 캔 적당량을 섞어 주심 돼 요. 산책은……, 우린 많을 땐 하루 세 번도 나가는데 하루 한 번만 해도 괜찮아요. 얘가 대소변을 밖에서만 보거든요. 혹시 종일 못 나가면 알아서 화장실 같은 데 가서 쌀 거예요."

한비는 지인인 어느 노부부가 키우는 개인데, 두 분이 여행을 가시는 한 달여 동안 우리가 잠시 맡게 됐다. 주인만큼 개도 늙었다. 어렸을 때 개를 기른 적이 있는데 그 개는 일곱 살 즈음 집을 나간 뒤로 찾지 못했다. 그러니까 이렇게 늙은 개는 처음이란 소리다. 곱고 하얀 털과 작은 몸집으로 볼 때 말티즈 계열의 혼종인 듯했다. 보통의 하얀 개들이 그렇듯, 나를 보는 까만 점 세 개를 금세 사랑하게 됐다.

　　나이가 많아서인지 한비는 자기 생활 패턴이 뚜렷했고 인간은 그에 맞춰주기만 하면 됐다. 강아지들처럼 함부로 짖거나 아무 데나 배변을 하거나 집기를 물어뜯는 등의 말썽은 일체 부리지 않았다. 그래도 개를 돌보는 일은 쉽지 않았다. 아침에는 평소 우리의 기상 시간보다 일찍 일어나 밥을 챙겨줘야 했다. 하루에 평균 두 번 산책을 나가야 했는데 배변이 달려 있으니 더우나 추우나 비가 오나 건너뛸 수가 없었다. 산책은 30분 이상이었고, 내가 지쳐서 집에 들어가고 싶어해도 한비가 더 놀고 싶어하는 날이 많았다. 들어오면 물티슈로 발을 하나하나 닦아줬는데 한비는 발을 닦기 전에는 집 안으로 들어오지 않고 현관에서 얌전히 기다렸다. 심지어 발을 닦으라며 앞발부터 하나씩 내밀기까지 했다. 며칠 주기로 목욕도 시켰는데 한 번도 으르렁대지 않고 잘 참아줬다. 이런 개라면 키울 수 있을 것 같다는 생각을 했다. 고되지만 사랑스러우니까. 그러나 한비의 사료와 캔과 간식 값을 생각하니 쉬운 일이 아니다. 게다가 나이 많은 개는 쉽게 아프다. 병원비까지 감당할 자신은 없었다. 나는 내 식비와 병원비를 대기에도 빠듯한데 어떻게 다른 생명을 책임지나.

"엄마, 아이를 안 낳고 사는 거 어떻게 생각해?"
"그럼 니 인생은 망한 거야"

결혼 전의 어느 날 엄마와 길을 걷다가 내가 질문하자 엄마는 평소와 달리 강경한 대답을 하셨다. 엄마는 왜 아이가 없는 삶을 '망했다'고 생각할까?

문장을 바꾸어보면 이렇다. '내 인생의 유일한 성

공은 자식이야.' 엄마의 지난 삶을 생각한다면 저 말이 맞을지도 모르겠다. 엄마는 한때 전문직을 가졌으나 결혼 후 퇴직하고 서울로 이주해야 했다. 시어머니뿐 아니라 시동생들과도 함께 살며 가사를 도맡았고, 아빠와 함께 사업을 했으나 빚만 잔뜩 안고 마쳤다. 매일, 매달을 살아가느라 지치고 지쳐왔다. 그 과정에서 엄마가 가졌던 꿈은 하나하나 모두 부서졌다. 그런 엄마에게 큰 문제없이 자란 두 딸은 어쩌면 유일한 성공이라고 볼 수도 있다.

내 삶은 엄마와 다르다. 나는 엄마와 다른 시대를 살아간다. 미안한 말이지만 내가 가질 수 있는 성취는 엄마보다 많을 것이다. 그리고 이건 엄마와 아빠가 열심히 일해 교육시킨 결과다. 미안한 이유는 내가 누리는 것들이 엄마 아빠의 노력에 기반을 두기 때문이다. 부모의 노력은 자식에게 들어가고, 자식에게 효력을 발휘한다. 정작 부모들은 큰 혜택을 받지 못한다. 그래서일 것이다, 자식의 인생에 지나치게 간섭하고 싶어하는 부모들의 마음은.

어쨌든 나는 아이가 내 인생의 필수 요소라고 생각

하지 않는다. 고등학교 때는 빨리 결혼하고 빨리 출산해서 '젊은 엄마'가 되겠다는 소리를 친구들에게 한 적도 있지만(몇몇 친구가 지금도 그 얘기로 나를 놀린다), 지금은 전혀 아니다. 그때는 사회나 결혼이 이렇게 여성에게 불리한 마당인 줄 몰랐고 출산도 단순히 많이 아픈 정도라고만 생각했다. 여성들의 삶이 이렇게 험난한 바닥 위에 있는 줄 몰랐던 순진한 시절이었다.

우리는 아이 없이 살기로 합의했다. 아이를 낳지 않기로 한 데는 몇 가지 이유가 있다. 우선 아주 단순하고 명쾌하게, 돈이 없다. 아이를 낳고 양육할 여유 자금이 나에게는 없다. 임신과 출산에 들어가는 병원비도, 출산용품을 살 돈도 없다. 이 두 가지 항목은 아이를 갖는 데 필수적인 초기 자금이고, 이후에는 더더욱 많이 든다. 한국에서 아이 한 명을 낳아 대학 교육까지 책임지는 데에 3억 8천만 원 정도가 들어간다고 한다. 이것도 평균치일 뿐, 고소득자의 경우 9억 9천만 원대까지 늘어난다.[*] 내게는 아이는커녕 개나 고양이

---

[*] "아이 낳아 대학까지 보내려면 직장인 10년 치 연봉 쏟아부어야", 《동아일보》, 2019.10.10.

한 마리 키울 여력도 없다. 글쎄, 우리가 둘 다 상근직을 갖고 남들만큼 월급을 받는다면 여유가 생길 테지만 나는 아직 오지 않은 미래의 어떤 존재를 위해 지금의 내 시간과 삶과 여유를 희생할 이유를 찾지 못했다.

"일단 낳으면 어떻게든 키우게 돼 있어."

경제적인 이유로 출산을 하지 않겠다고 하면 늘 듣는 말이다. 나는 이 말에서 '일단'과 '어떻게든'이 핵심이라고 생각한다. '일단'은 앞도 뒤도 재지 말라는 뜻이다. 출산을 두고 뭐가 손해고 뭐가 이득인지 인생 계산기를 두드리는 여성의 모습을 정상사회는 아주 불편해한다. '어떻게든'은 뭘 희생하든 네 자식은 네가 알아서 키우라는 뜻이다. '어떻게' 안에 내가 얼마나 힘들지, 내가 얼마나 괴로울지, 내 인생의 순간순간은 전혀 고려되지 않는다. 저 말에서 나는 아무런 희망도 찾을 수 없다. 내 인생이 어떻게 될지, 내가 어떻게 살아가는지는 나에게 너무나 중요한 문제인데 남들은 그렇게 쉽게 말해버린다.

아기를 낳을 경우 우리는 틀림없이 더 가난하고 힘들어진다. 매우 확실하게 예정된 고통이다. 나는 임신과 출산을 거치며 건강을 해칠 것이다. 지금도 손목, 발목, 허리 등등 온갖 관절이 아픈데 출산을 하면 얼마나 더 아파질까. 지금으로서는 짐작할 수 없는 고통들이 임신과 출산을 거친 뒤의 나를 평생 따라다닐 것이다.

"애를 낳으면 생리통이 없어진대."
"출산하고 오히려 몸이 좋아진 사람도 있다더라."

오오, 제발 그런 말은 하지 마세요. 장기가 눌리고 살이 부풀고 평상시와는 완전히 다른 호르몬의 향연에 온몸이 바뀌며, 결국에는 생살을 찢고 생명을 내보내는 일이 여성의 건강에 좋을 리가 없지 않은가. 심지어 임신 중에는 감기 같은 가벼운 병을 앓아도 약 하나 마음대로 먹기 힘들고 엑스레이 한 번 찍기 어렵다. 모든 의학적 조치들은 모체가 아닌 아기의 건강에 우선한다. 초등학생도 알 만한 이 명백한 사실을 우리는 얼마나 오랫동안 모성 신화에 물들어 모른 척해왔던가.

"나중에 부부 사이가 멀어져."

출산 계획이 없다는 커플에게 흔하게 건네는 말로 이런 것도 있다. 우리 언니 부부도 아이를 키우며 일종의 동지애가 생겼다고 했다. 아이를 같이 키우면서 부부 사이가 더 끈끈해지고, 나중에 좀 소원해져도 아이가 있으면 헤어지기 어려우니 어떻게든 같이 살게 된다고도 한다. 함정은 이 말이 전제하는 절대선이 '이혼하지 않기'로 설정되어 있다는 점이다. 같이 어려움을 겪으며 동지애가 생길 수도 있겠지만 애초에 그 어려움이 없다면? 그럼 싸울 일도 줄어들고 각자 더 편안하게 서로를 사랑할 수 있지 않을까? 꼭 힘들고 지치고 서로의 밑바닥을 두드리면서, 서로의 속을 박박 긁으면서까지 동지애를 쌓아야 할까?

나중에 사이가 멀어지면 아이 때문에 살게 된다는 말도 가만히 곱씹어보자. 우리는 그렇게 '애 때문에' 억지로 붙어 살면서 불행해진 수많은 가정을 이미 알고 있지 않은가. 그런 가정에서는 부부 각자가 행복하기는커녕 그렇게 위한다는 '아이'도 불행한 부모 사이

대체로 가난해서

에서 불행하게 자란다. 현대사회에서 아이 때문에 참고 산다는 건 더 이상 선택지가 될 수 없다. 아이가 본드도 아닌데 벌어진 부부 사이를 어떻게 붙이나? 결혼생활이 불행하다면 빠른 이혼이 현명한 선택이라고 본다.

▸

가끔 우리가 낳을 아이를 상상해본다. 룸메를 닮았을까, 나를 닮았을까? 룸메를 닮는다면 진한 눈썹과 큰 눈을 가졌겠지. 나를 닮는다면 순한 얼굴의 아기일 것 같다. 우리 둘의 장점만 골라 닮는다면 얼마나 좋을까? 혹시 단점만 닮더라도 사랑하지 않을 수 없을 것이다. 성격은 또 어떨까? 그건 유전보다는 환경이 더 중요할 텐데. 아이가 생긴다면 나는 그 아이를 온 힘을 다해 사랑할 것이다. 가난한 우리는 아이를 위해 무리하게 노력할 테지만 그 노력에 비해 아이는 또래보다 많은 것을 누리지 못하게 될 것이다. 좋은 옷, 재미있는 장난감, 맛있고 건강한 음식, 질 좋은 교육을 자본이 없고 가난한 우리가 제공해줄 수 있을까? 아이에게 힘들고 불만족스럽고 가난한 미래를 준다는 것은, 자본주의 현대사회에서 진정으로 아이를 위하는 일이 아닌 것 같다. 학교에서 따돌림을 당하면 어떡하지? 우리를 부끄러워하면 어떡하지? 그러다가 잘못된 길로 들어서면? 내가 아무 죄 없는 아이의 인생을 망칠 수도 있잖아. 아니, 이미 그 전에 사고로 아이를 잃을 수도 있다. 씨랜드 화재, 세월호 참사와 가습기살균제 사건을 보라. 한국은 사람을 잃기 쉬운 나라가 아닌가. 그러면 그때의 상실감과 슬픔과 절망을 어떡하지? 내가 그러고도 살아갈 수 있을까?

희망과 즐거움으로 시작한 상상은 어김없이 걱정과 한숨, 심하게는 죽음으로 끝난다. 단지 돈뿐만이 아니다. 어쩌면 아이를 낳는 일은 내 심장이 발을 달고 밖으로 돌아다니는 일이 아닐까? 나의 존엄과 목숨까지 좌우할 수 있는 존재, 그러니까 인생에 치명적인 약점이 생겨나는 일이 아닐까? 생각은 끝없이 극단으로 치닫는다. 어쩌면 이런 두려움도 아이가 없기 때문에 생기는 쓸데없는 공상일지 모르지만.

최근 페미니즘의 실천으로 비혼, 비출산을 지향하는 여성들이 늘어났다. 나는 그들의 선택을 응원한다. 내가 비출산을 결정함에 있어 특별한 신념이랄 것은 없었다. 앞에서 적은 것처럼 그토록 힘들고 어려운 일을 하고 싶지 않았을 뿐이다. 꼭 해야만 하는 이유를 찾지 못했을 뿐이다.

최지은 작가의 책《엄마는 되지 않기로 했습니다》에는 아이 없이 살기로 한 기혼 여성 18명의 이야기가 담겨 있다. 모두의 배경과 직업이 다르고 비출산의 이유도 다르지만 이들의 공통점은 지금의 생활에 대체로 만족한다는 것이다. 나는 그 지점에서 꽤 큰 위로를 얻었다.

나와 비슷한 상황에 있는 동료 여성들과 이야기 나누고 싶다. 각자 비출산의 이유에 관해 말하고 그 때문에 겪어야 했던 폭력적인 말들과 불편한 상황들에 대해서도 나눠보고 싶다. 그 자리에서 나오는 어떤 이유도 작지 않을 테지만, 꼭 그렇게 거대한 신념이나 이유가 필요한 건 아니라고 생각한다. 그냥 '아이를 낳고 싶지 않다'는 가장 단순한 이유만으로도 여성은 아이를 낳지 않을 자유가 있다. 내 몸은 나의 것이니까.

4장

소중하고 고단한
나의 밥벌이

조금 더 나은
노동을 위하여

며칠 동안 비가 퍼붓다가 어제는 잠시 소강상태가 됐다. 비구름은 남쪽으로 내려가 거기서 또 홍수를 냈다. 사방이 축축했다. 장마 중의 토요일, 주말이 따로 없는 프리랜서도 토요일에는 조금 느슨해지고 싶다. 하지만 오늘은 깨자마자 부지런히 밥을 해 먹고 집을 나섰다. 언론노조 서울경기지역 출판지부(이하 출판노조)에서 여는 '외주출판노동자 권리 찾기 간담회'에 참석하는 날이었다.

처음 간담회 모집 글을 보고 집을 나서기까지 많이

망설였다. 나는 출판노조 조합원이 아니기 때문이다. 그래도 외주 노동자의 권익을 위한 자리라니 가보고 싶었고 출판노조에서 드디어 외주 노동자를 위해 무언가를 한다는 사실에 고무되기도 했다.

출판노조에는 벌써 몇 년 전부터 가입하려고 했다. 회사에 다닐 때는 제법 오랫동안 노동운동을 하는 NGO에서 소식지 만드는 자원활동을 했는데, 그러면서도 사내에 노조를 만들거나 출판노조에 가입할 생각은 하지 못했다. 가장 큰 이유는 내가 겁이 많아서였고 또 다른 이유는 출판계에 노조가 드물기 때문이었다. 출판사들이 대부분 영세 사업장이기 때문도 있으나 소위 대형 출판사라 부르는, 100명이 넘는 규모의 회사에도 노조가 없는 경우가 많다. '전태일 열사의 책을 내는 출판사에서도 노동법을 지키지 않는다'는 말이 나올 만큼 출판계에서는 노동자의 권리가 쉽게 침해받는다. 야근을 밥 먹듯이 하는 회사도 있었고, 연차 사용을 어렵게 하는 회사도 있었으며, 출산휴가나 육아휴직을 보장하지 않는 곳도 셀 수도 없이 많았다. 출판계 구성원 중 여성의 비중이 80% 정도나 되지만 임신을 하면 대부분 회사를 그만두어야 했다. 나는 일상 생활이 어려울 정도로 월경통이 심한 편이었지만 회사를 다니는 동안 단 한 번도 생리휴가를 사용하지 못했다. 야근수당은 맨 처음 다닌 회사에서만 받았고 그 이후 다녔던 두 곳에서는 전혀 받지 못했다.

다행히 최근 들어 출판사들의 노동 환경이 많이 개선된 것으로 보인다. 거래하는 곳 중에는 재택근무나 유연근무제를 실시하는 곳도 있고 연차나 휴가는 대체로 크게 눈치 보지 않고 사용한다고 들었다. 야근을 전혀 하지 않는 곳들도 많이 늘어난 것 같다. 아주 소수이기는 해도 노조가 생긴 출판사도 있고 출판노조의 활동이 눈에 띄면서 가입자도 늘었다고 한다. 모두 기쁜 소식들이지만 모든 출판사가 이런 개선을 이룬 것은 아니며, 다른 업계나 다른 나라의 노조 활동을 생각해보면 아직도 갈 길이 멀다.

프리랜서가 되어서도 노조가 필요했던 이유는 우선 프리랜서들이 당하는 부당한 상황이 꽤 많았기 때문이다. 일을 완료해서 넘겨도 작업비를 주지 않는 거래처, 너무 낮은 단가를 요구하거나 계약서 작성을 피하는 거래처, 일방적인 계약 취소 등등을 겪으며 노조의 도움이 절실했던 순간들이 있었다. 또 가끔은 그저 너무 외로웠기 때문에 동료를 찾고 싶은 마음도 컸다. 그런데 외주 노동자 카페에서 만난 노조원들에게 "출판노조에서 외주 노동자를 위해 무엇을 하나요?"라고 물어보면 마땅한 답이 들려오지 않았다. 뭐라도 활동이 있었으면 좋겠는데 "글쎄요"라는 말 외에는 들은 적이 없다.

스스로 찾아보자는 생각에 출판노조 네이버 카페를 찾아 들어갔지만 게시글이 올라오지 않은 지 한참이나 지난 공간이었다. 그 밖에 찾을 수 있는 건 트위터 계정뿐이었는데, 흘러가버리는 트위터의 특성상 지난 활동에 대해서는 알기가 쉽지 않았다. 그렇게 출판노조 가입 신청서를 써놓고 보내지 못한 채 1년이 훌쩍 지나버린 어느 날 드디어 출판노조 간담회에 참여하게 된 것이다.

발제는 출판노조 조합원이자 문화예술노동연대 대표이신 안명희 씨가 하셨는데, 준비하신 자료가 상당히 알찼다. 외주용 표준계약서 마련의 배경을 말하며 출판 외주 노동자의 현 상황을 문화예술계 다른 직군 프리랜서들과 비교했다. 현재 정부와 국회에서의 움직임과 관련해 지금 반드시 표준계약서를 제정해야 한다는 당위까지 넓고 깊은 시각에서 다루었다. 그리고 이를 위해 외주 노동자들이 어떻게 목소리를 내고 노조에서 무엇을 할 것인지까지 의논했다.

간담회를 마치고 그 자리에 함께 있었던 프리랜서 매거진 《프리 낫 프리》 편집장님, 딸세포 출판사 대표님과 함께 티타임을 가졌다. 그 모임은 사실상 프리랜서 생계에 관한 토론회에 가까웠다. 각자의 작업 스타일, 집중 시간, 생활 습관, 일이 몰아칠 때의 대처법, 스트레스 해소법, 에디터 연대의 중요성, 각자 속한 모임에 끌어들이기 위한 영업까지. 할 말이 차고 넘쳤다. 우리가 그날 나눈 대화만 정리해도 프리랜서 특집 기사가 뚝딱 나올 판이었다. 같은 업계에서 각자 힘들게 생존해왔다는 사실 하나만으로도 피를 나눈 자매마냥 끈끈한 마음이 들었다.

우리는 우리의 일을 더 많이 드러내야 한다고 생각했다. 그러기 위해서는 일의 단계를 세세히 나누어서 그 각각의 과정에 단가를 붙일 수 있어야 한다. 표준계약서와 표준단가표를 작성해서 알리면 단가를 조금이라도 높일 수 있을까? 우리의 어려운 현실은 우리끼리만 알았다. 일이 너무 많을 때에도 혼자 다 끌어안고 있으니 나만 죽어났다. 일이 많으면 일이 없는 사람과 나눌 수는 없을까? 물론 작업물의 질이 담보되어야만 믿고 일을 나눌 수 있을 것이다. 그러기 위해서 프리랜서들은 서로를 더 많이 알고 있어야 한다. 평소에 네트워크를 쌓고 자주 만나고 일감을 나누는 연습도 해보아야 한다. 결국 우리는 연대해야 한다. 그런 말로 자리를 정리하고, 곧 다시 만나 거나하게 이야기를 나누자고 후일을 도모했다.

나는 17년 차 단행본 출판 편집자다. 출판사에서 7년을 일했고 마지막 회사를 나온 뒤 10년째 프리랜서로 살아가고 있다. 그러나 출판계에 발을 들인 2005년부터 외주 출판 노동자의 작업비는 좀처럼 오르지 않았다. 내가 신입 편집자일 때 프리랜서에게 발주하던 교정·교열 비용과 2021년 현재 나와 동료들이 출판사로부터 받는 교정·교열 비용이 거의 같다. 물가며 집값이며 최저임금이며 세상의 모든 가치가 올라갔지만 출판계 외주 노동자의 처우는 그대로다. 느려도 너무 느리게 간다. 세상의 어떤 직군이 10년, 20년 차 경력자를 이렇게 홀대할까?

간담회 발제 내용 중 중요한 대목이 있었다. 한국의 출판사 중 70%가 5인 미만 사업장이라는 사실이다. 5인 미만 사업장은 노동법의 규제를 상당 부분 피해갈 수 있다. 왜 한국의 출판사는 규모가 작을까? 외주 노동자가 많기 때문이다. 굳이 정규직을 고용하지 않아도 쉽게 쓰고 버릴 수 있는 프리랜서들이 이 업계에 그득하기 때문이다. 출판 산업 자체가 외주 노동자의 노동에 기대고 있다는 뜻이다. 그런데 그 노동자는 노동자성을 인정받지 못해 고용노동부에서도 신경 쓰지 않는다. 4대 보험은 어림도 없고, 아무런 노동쟁의도 할 수 없다. 모든 싸움은 민사로 처리된다. 그것이 바로 다른 나라들에 비해 한국의 책값이 싼 이유이기도 하다. 지금 독자들이 사는 책값은 우리의 노동을 제대로 대우하지 않고 산출한 가격이다.

우리는 종이보다 싸다. 출판사는 종이값이 오르면 그 오른 값을 내지만, 외주 노동자가 단가를 올리면 거래를 끊는다. 출판사에서 나의 경력과 작업에 관심을 갖고 일감 문의를 했다가도 200자 원고지 1장당 교열 단가를 100원, 200원만 올려 불러도 답신이 없다. 20년 전 가격으로 작업해주는 작업자에게 맡기면 간단히 해결되니까. 단가를 올려보려는 개인의 노력은 주고받는 이메일 안에서 스러져버리고 만다. 많은 출판사들이 인쇄비, 물류비는 제때 지급하면서도 외주자에게 줄 작업비는 미루고 또 미룬다. 심지어 그것이 '경영의 기술'이라며 자랑스러워하는 대표도 있다. 왜 그럴까? 그래도 되니까. 그렇게 해도 아무런 불이익을 받지 않으니까. 특히 출간 후에 작업비를 지급하기로 한 경우에는 지급이 한없이 밀려도 이의를 제기하기 어렵다. 최소한의 안전 장치로 계약서를 열심히 쓰고 거래처에도 늘 계약서 작성을 요청하지만 출판사가 돈을 주지 않으려고 마음먹으면 외주자가 할 수 있는 조치는 별로 없다.

최근에 여러 업계 동료들을 만나고 있다. 예전부터 알던 사람도 있고 새롭게 알게 된 이도 많다. 한동안 습성에 따라 내 일만 하며 처박혀 있었다. 성실하게 맡은 일만 잘하면 된다고 생각했다. 하지만 이미 출판계에서 이만큼 나이를 먹어버린 나는 이제 자연스럽게 시니어로서 책임감을 가져야 한다는 생각이 든다. 이제 막 프리랜서가 된 사람들부터 재직자이지만 언젠가 프리랜서가 될 사람들, 출판사 취업을 준비하는 열정으로 가득한 예비 출판인들까지. 지금 환경이 개선되지 않으면 더 많은 사람들이 나와 똑같은 어려움을 겪을 것이 명백했다. 더 많은 업계 친구들을 만나야겠다는 생각에 최근에는 SNS로 페미니스트 여성 에디터 모임인 '페디터즈'를 만들었다. 한 번 공지를 올렸을 뿐인데 스무 명이 훌쩍 넘는 에디터들이 순식간에 모였다. 모두들 비슷한 목마름이 있었다는 사실을 더욱 절실히 느끼게 됐다. 우리는 같은 일을 하는 이들과 연대해 우리의 일을, 상황을, 이 저렴한 노동을 업계 밖으로 더 많이 알려야 한다고 입을 모았다. 업계에서 배제해야 할 혐오 표현들을 정리하고, 사회에서 익숙하게 쓰이는 불평등한 단어들을 평등한 단어로 바꾸어나가는 작업부터 시작하기로 했다. 아직 초기라서 페디터즈가 어떤 모임이 될지 예측은 이르지만 함께 고락을 나눌 동지들이 생겨서 기쁘다.

방송계와 영화계 노동자들의 열악함은 업계 특성상 출판계에 비해 더 널리 알려지기도 했고, 그들이 계속해서 투쟁하고 교섭한 결과 지금은 많이 개선됐다고 한다. 우리도 더 나대고 더 싸우자. 목소리를 높여서 흩어져 있는 서로를 찾아내 손을 잡자. 오래전에 써둔 출판노조 가입 신청서를 드디어 보낼 때가 됐다. 전화

대체로 가난해서

통화도 무서워하는 소심한 인간이지만 이제는 그만 좀 움츠리고 싶다.

프리하지 않은
프리랜서

책 만드는 일을 퍽 좋아하지만 프리랜서로 막 전향할 무렵 나는 심한 슬럼프에 빠져 있었다. 경력이 어느 정도 쌓이니 업계 전반의 모습이 보이기 시작했다. 모두들 피곤에 절어 있었고 책을 지나치게 신성시했다. 세상에는 책 말고도 좋은 매체가 많은데 책이 아니면 대놓고 무시하는 이들이 주변에 많았다. 책을 일종의 종교처럼 대하는 사람들이었다.

그래서 출판 노동자들은 쉴 수 없었다. 끝없이 자신을 몰아붙이며 그것이 미덕이라 생각했다. 실수를 용납하지 않는 책의 세계 속에서 모두들 지쳐갔다.

무엇보다 직접적으로 나를 고민에 빠지게 한 것은 같이 일하는 선배들의 모습이었다. 편집자를 괴롭히는 상사나 저자가 없어도, 좋은 회사에서 만들고 싶은 책을 실컷 만들어도, 내가 생각한 만족스러운 모습이 아니었다. 선배들은 누구보다 일을 잘했지만 온몸에 병이 들었고 매일매일 힘들어했다.

'저 모습이 내 미래라면, 과연 나는 행복할까?'

불현듯 찾아온 의문이었다. 특출 나게 뛰어난 사람이 아닌 그저 평범한 편집자인 내 미래는 선배들보다 못할망정 더 나을 리가 없었다. 이제껏 품어온 책에 대한 사랑과 열정이 출판계에서 일하는 동안 서서히 사라졌다는 것을 문득 알게 됐다. 그래도 꾸역꾸역 경력을 놓지 않고 이 일을 지속한 이유는 그저 배운 도둑질이었기 때문이다. 내가 전문성을 가진 유일한 일이었고 내 생계를 유지할 유일한 수단이었다.

프리랜서가 되자 아빠는 나를 못 믿어 전전긍긍하

셨다. 툭하면 불러 지금 무슨 일을 하냐, 누가 발주했냐, 얼마를 받냐 캐물으셨다. 그러면서 대화를 끝내기 전에는 꼭 "직장에 다니는 것보다 더 많이 벌어?"라고 물어보셨다.

"아니, 직장 다니는 게 더 잘 벌지."

매번 똑같이 대답하는데도 왜 계속 같은 질문을 하시는지 알 수 없었다.

"월급보다 더 벌어야 프리랜서가 된 의미가 있지!"

이 말까지 나오면 나는 힘없이 "흐흐" 하고 웃으며 방으로 들어갔다. 아빠에게 프리랜서는 어디든 가서 척척 수주를 하고, 돈은 직장인보다 두세 배는 너끈히 벌며, 좋은 차를 타는 사람이었다. TV 속에 등장하는 유명 작가나 잘나가는 스타트업 대표 같은 느낌이었을까? 하지만 아빠, 현실은 다릅니다. 적어도 한국 출판계는요.

저런 문답을 몇 년이나 반복한 뒤에야 아빠는 좀 덜 물어보시게 됐다. 사실 나도 프리랜서가 되기 전에는 프리랜서 생활이 어떤지 잘 몰랐다. 출퇴근 없이 자유롭고, 일도 척척 해내는 멋있는 동료 정도로만 여겼을 뿐.

·◀

프리랜서가 됐다고 어디선가 일감이 자동으로 들어오는 기적은 일어나지 않는다. 아무도 나를 모른다. 초반에 할 수 있는 일은 전 직장 동료들이 주는 일거리가 대부분이고 새로운 거래처를 찾기가 힘들다. 그러니 낯선 곳에서 일이 들어오면 이리저리 재지 않고 덥석 물어버리곤 했다. 당연히 이상한 클라이언트 비율도 높을 수밖에. 내가 겪은 최악의 클라이언트도 바로 그런 와중에 만났다.

그 일감은 1년 동안 발행된 자료들을 취합해 연감 형식으로 만드는, 두께가 상당한 책이었다. 출판계 구인구직 정보가 올라오는 북에디터 사이트에서 공고를 보고 지원서를 낸 참이었다. 클라이언트는 출판사의 의뢰를 받고 프로젝트를 진행하는 60대 남성이었는데 업무 미팅이 아니라 '면접'을 보겠다고 했다. 작업한 책을 가져오라고 해서 서너 권을 무겁게 챙겨 나갔다. 그는 내가 가져간 책들을 아무 관심 없다는 듯 대충 펄럭거리더니 이내 이런 책은 퀄리티가 낮다느니, 만들기가 쉽다느니, 우리가 이제부터 만들 책이랑은 비교도 안 되는 작업이라며 마구 깎아내렸다. 베스트셀러는 아니었지만 모두 의미 있는 책이었고 훌륭한 저자와 솜씨 좋은 작업자들이 노력해 만든 책들이었는데……. 그러고는 작업 전에 실력을 보고 싶다며 샘플 원고를 요구했다. 보통 샘플원고라고 하면 단행본의 한두 꼭지 정도 작업해보는 게 일반적인데 이 사람이 보내온 건 통상적인 분량의 일고여덟 배나 되는 분량이었다. 아무리 전체 원고가 많다 해도 사전 작업으로는 지나치게 많았다. 그때 도망쳤어야 했는데.

당장 들어올 돈이 없었기 때문에 그 일감에 욕심이 났다. 잘 끝나기만 한다면 꽤 큰돈을 받을 수 있었다. 샘플원고를 꾸역꾸역 다 작업해서 그에게 보여주니 이

만하면 좋다며 나를 '합격'시켜주었다. 그러나 문제는 이때부터 시작이었다.

그는 매일 아침 나에게 전화를 해서 전날 작업한 부분을 체크하기 시작했다. 나는 분명히 프리랜서인데 사장과 단 둘이 일하는 직원이 된 기분이었다. 프리랜서라서 아예 다른 일을 안 할 수 없고 나도 내 스케줄이 있다고 여러 번 이야기했지만 제대로 듣는 것 같지도 않았다. 한동안 클라이언트의 아침 감시(?)를 받아주다가 다른 일정 때문에 잠시 작업을 멈추었다. 사흘 정도 다른 일을 하고 다시 그 일을 시작하려고 했는데, 작업용으로 쓰던 웹하드가 막혀 있었다. 아침 감시 연락도 뚝 끊겼다. 이상해서 연락을 해봤더니 기가 막힌 답이 돌아왔는데, '너는 불성실해서 잘렸으니까 다른 사람하고 작업하겠다'는 통보였다.

그런 식으로 일을 처리하는 것도 어이가 없었지만 그럼 그동안 작업한 비용을 달라고 했더니 달랑 30만 원을 보내왔다. 아마 샘플원고 작업 비용만 해도 그보다는 많았을 것이다. 게다가 그 사람은 경기도의 변두리에 살면서 매번 모든 미팅을 자기 집 앞에서 했다.

미팅 때마다 나는 편도 2시간을 가야 했고 그런 미팅을 네 번이나 했다. 그가 보낸 30만 원은 샘플원고와 그동안의 작업비, 미팅 비용까지 생각하면 말도 안 되는 금액이었다.

내가 자기 마음대로 움직이지 않으니까 바로 잘라버리는 그 얄팍함에 혀를 내둘렀다. 게다가 한번은 디자이너와 인사를 시키면서 회식을 강요했고, 내 얼굴을 두고서 처음엔 못생겼다고 생각했는데 이제 보니까 제법 예쁘다느니, 디자이너와 편집자는 섹스를 할 정도로 친해야 한다느니 성희롱마저 했던 작자였다. 그 후 10년이나 지났지만 그 정도의 진상은 이전에도 이후로도 없었다.

이제는 웬만큼 눈치가 늘고 일감을 고르는 기준도 생겨서 그 정도로 혼쭐이 나지는 않지만 힘든 클라이언트는 여전히 존재한다. 모든 사람이 내 마음 같을 수는 없으니까. 그럼에도 불구하고 함께 조율하고 맞추어가며 '일을 되게 만드는' 것이 나의 역할이라 여기고 있다. 만약 초보 프리랜서 편집자에게 조언을 남길 수 있다면 이렇게 말하겠다.

대체로 가난해서

"쎄한 기운이 느껴진다면 돌아보지 말고 도망가세요. 기한을 못 맞출 것 같으면 얼른 담당자에게 연락하세요. 그리고 꼭 운동을 합시다."

나보다 늦게 프리랜서가 된 편집자 친구를 오랜만에 만나는 날이었다. 그는 나를 보자마자 외쳤다!

"프리랜서가 이렇게 돈을 못 버는 거였어? 넌 대체 그동안 어떻게 살았어?"

나는 별말 없이 "하하" 하고 웃을 수밖에 없었다. 이 세계에 온 걸 환영해, 친구!

그래도 프리랜서 생활이 좋냐 물으면 나는 만족한다고 대답한다. 동년배 친구들보다 일찌감치 이 방향으로 들어선 것도 지금 와 생각하면 감사한 일이다. 다른 할 일이 없어 계속했던 이 일이 나를 먹여살렸다. 먹고살다 보니 떠나갔던 열정도 슬며시 돌아와 있었다. 재밌는 일감을 만나면 다시 기대감으로 차오르고, 작가들을 만나 새로운 책을 이야기하는 시간이 즐겁다. 어느새 여러 거래처가 생겼으며, 나만의 출판사를 꾸려 만들고 싶은 책을 작게나마 시도해볼 수 있는 기회도 만들었다. 월급도 상여금도 없지만 불공정한 계약을 거절할 수 있고, 달콤한 늦잠과 한가로운 평일 휴가를 선택할 수도 있다. 최근의 선진 기업 문화는 몰라도 일과 생활을 조율하는 나만의 균형감이 있다.

오늘도 나는 늦게 일어나 밥을 먹고 주섬주섬 옷을 갈아입은 뒤 커피 한 잔을 내려 내 작업실로 간다. 작업실이라고 해봤자 전혀 멋있지 않고 침실 옆에 있는 어수선한 작은 방이지만 말이다. 그 작은 방 안에서 글자를 쌀로, 반찬으로, 옷과 월세로 바꾼다. 책을 만들어 나를 먹여살린다.

10억을
주실 건가요?

"당장 10억 원이 생긴다면 넌 계속 일을 할 거야?"

프리랜서 친구들과 모임을 가진 날이었다. 방향이 같은 친구와 한산한 지하철을 타고 한참을 가는데 말이 없던 친구가 갑자기 물었다. 나는 잠깐 생각하고 대답했다.

"일은 계속 하긴 할 것 같아. 그런데 지금처럼 외주 편집 일은 거의 안 할 것 같고, 그림책 출판사를 차려서 내 그림책이랑 내가 좋아하는 작가들 책을 잔뜩 만들 거야."

그 말을 하고 가만 생각해보니, 그런데 10억 원이면 서울에 집 사고 차 사면 끝이잖아? 참내, 10억도 별거 없네 싶다. 10억은커녕 1억도 없는 내가 이런 상상을 하는 게 좀 우습지만 이 질문의 본질은 일을 얼마나 사랑하는지, 일이 나에게 어떤 의미인지, 나아가 내가 정말 하고자 하는 일은 무엇인지에 있었다.

아직 1~2년 차 편집자일 때의 어느 날이었다. 집에서 교정지를 보고 있었는데 언니가 와서 대뜸 물었다.

"너는 그 일이 재밌니?"

당시 다니던 회사는 내가 원하던 분야의 출판사도 아니었고 사장도 개떡 같았지만 일 자체는 싫지 않았

대체로 가난해서

다. 반복되는 일을 할 때면 대체로 따분했으나 어떤 부분에서는 재미도 느끼고 있었던 참이었다.

"회사는 별로인데 일 자체는 괜찮아."

이 정도의 대답을 했는데 언니가 놀란 표정으로 말했다.

"야, 너 인생 성공했다. 어떻게 일이 재밌니? 나는 일하기 싫어 죽겠는데."

대기업 연구원으로 일하는 언니는 나보다 돈도 잘 벌고 똑똑한 사람들과 쾌적한 환경에서 일했다. 나는 언니가 자신이 원하는 삶을 산다고 생각했는데 언니는 일이 싫다고 했다. 그 순간 일에서 재미를 느끼는 게 그리 흔한 경우가 아닐지도 모른다는 생각이 들면서, 이 일이 조금 자랑스러웠던 것 같다.

왜 편집자가 됐냐는 질문을 가끔씩 받는다. 간단하게 대답하자면 나는 싫증을 잘 내는 사람이었기 때문이다. 흔히들 편집자를 보면 예상하듯 어려서부터 책벌레였고, 그래서 국어국문학과에 진학했고, 졸업할 때쯤 직업을 탐색하면서 편집자라는 일에 끌렸다. 그래서 출판 아카데미에도 다니고 여러모로 노력하며 편집자가 되기 위해 준비했다. 어찌 보면 뻔한 과정을 거쳐서 이 길로 들어선 셈이지만, 진로를 정할 무렵 가장 밑바닥의 마음에는 '공무원 같은 일은 하고 싶지 않다'는 욕망이 있었다(그때 공무원 시험 준비를 했어야 하는 게 아닌가 지금은 후회도 되지만).

책이나 TV에는 매일 똑같은 일을 반복하면서 지치고 지루해하는 사람들이 많이 나왔다. 그러다가 이상한 일탈이나 사고에 쉽게 휘말리고 인생을 망치는 경우도 많았다. 내가 매일 똑같은 일을 한다면 금방 도망가고 싶어질 거라고 생각했다. 좋아하던 남자가 금방 싫어졌고 좋아하는 음식도 몇 번 먹으면 질렸다. 좋아하던 게임도 익숙해지면 지루했다. 그때 즈음 알게 된 편집자라는 직업은 매번 다른 책을 만드는 사람이었다. 세상에 같은 책은 없으니까, 그렇게 계속 새로운 책을 만드는 일이라면 재밌지 않을까? 게다가 내가 사

대체로 가난해서

랑하는 책이니까. 책도 실컷 보고 작가들도 만나고 그러면서 돈도 벌고. 이런 좋은 일이 있다니!

어린 시절 읽은 책 중에 남미영 작가의 《사랑 예감》이라는 에세이가 있었다. 그도 어렸을 때부터 책을 무척 좋아해서 재밌는 책을 실컷 읽는 직업을 갖는 것이 소원이었다고 한다. 그랬던 자신이 어른이 되고 보니 독서교육자가 되어 좋은 책을 실컷 읽고 돈도 번다고, 그야말로 소원이 이루어졌다며 뿌듯해하는 구절이 있었다. 그걸 읽으며 나도 나중에 꼭 그런 직업을 갖고 싶어졌다. 가끔은 잠자리 기도에 그 내용을 넣기도 했다. "하나님, 저도 재밌는 책을 잔뜩 읽으면서 돈을 버는 직업을 갖고 싶어요" 하고 말이다. 그런데 책을 실컷 읽을 뿐만 아니라 책이 되기 전의 원고까지 실컷 읽고 있으니, 나 역시 소원을 이룬 것 같아 기쁘지만……세상의 모든 밥벌이가 어디 즐겁기만 하던가?

회사에 다닐 때는 박봉에 수당 없는 야근과 특근이 억울했다. 저자와 사장들의 성희롱이나 회식 강요는 지긋지긋했다. 너무 양이 많은 시리즈를 만들 때는 반복되는 형식이 지루했다. 어린이 책을 만들 때는 억지로 재미있는 척 원고나 질문지를 만드는 게 힘들었고, 어른 책을 만들 때는 아무 감동 없는 책의 보도자료를 쓸 때 괴로웠다. 프리랜서가 된 뒤에는 월급이 없어서, 일이 떨어져서, 또 일이 많아서 힘들다. 진상 클라이언트를 만날 때도 있고, 세금 처리도 어렵고, 보험료도 대출도 문제가 많았다. 무엇보다 내 멱살을 스스로 잡아 일을 시키고, 또 제때 나를 쉬게 하는 것은 의외로 어려운 일이었다.

물론 기쁨도 이에 못지않다. 세상에 없는 책을 만들어내는 기쁨, 잘못된 문장이나 어처구니없는 오타를 고칠 때의 쾌감, 사실 확인을 위해 낯선 자료를 뒤적이며 느끼는 호기심, 멋진 글을 쓰고도 오히려 부끄러워하는 저자를 만날 때의 감동 등등 재밌고 좋은 순간이 셀 수 없을 만큼 많다. 그리고 무엇보다 사랑해 마지않는 순간은 다듬어지지 않은 초고를 읽으며 울고 웃는 나를 발견할 때다. 최초의 독자인 편집자는 나에게 더없이 영광스럽고 소중한 자리다. 글은 나에게 지식과 정보, 사랑, 논리, 경험, 사유에 쾌락과 카타르시스까지 준다. 이보다 멋진 일이 내 인생에 더 있을까?

그러므로 당장 10억 원이 내 눈앞에 떨어진다 해도 나는 계속 이 일을 할 것 같다. 다만 덜 힘들고 더 기쁜 방향을 거침없이 찾아서. 제일 멋진 저자와 제일 잘난 디자이너를 만나, 누구든 보기만 하면 갖고 싶어할 정도로 알차면서도 아름다운 책을 만들고 싶다. 손으로 쓸어보기만 해도 즐거울 수 있도록 도톰하면서도 질기고 가벼운 종이를 써야지. 디자이너가 원하는 후가공은 뭐든 다 해줄 거야. 저랑 일하고 싶은 분 손 들어주세요. 아직 10억은 없지만요.

언제까지
일할 수 있을까?

내가 기억하는 한 우리 부모님은 늘 일을 하셨다. 내가 초등학교 저학년일 때는 망원동에서 오락실을 운영하셨고, 4학년 즈음부터는 소극장을 운영하셨다. 자영업자 시절 부모님은 단 하루도 쉬지 않았다. 극장을 정리한 뒤 아빠는 이전의 경력을 살려 전기 기술자로 일하셨고 엄마는 장식용 미싱으로 옷을 꾸미는 공장에 취직하셨다. 사업을 정리하고 이직을 하는 중에도 두 분은 거의 하루도 쉬지 않고 곧장 일터로 나갔다.

아마 부양할 가족이 여럿이라 그랬겠지만 부모님

세대의 사고방식이기도 했다. 나중에 내가 회사를 다니다가 이직하게 되자 아빠는 '5일 쉬려다 5년 쉰다'면서 절대로 쉬지 말고 바로바로 이어서 출근하기를 종용하셨다. 그래도 나는 짧게는 며칠, 길게는 한두 달도 쉬어가며 이직을 했다. 야근과 잡무가 많은 출판 일의 특성상 이직 시기가 아니면 마음껏 쉴 기회가 없었기 때문이다.

이 김에 편집자라는 직업을 들여다보자. 단행본 도서를 만드는 이 일은 쉽게 말하자면 책의 프로듀서이자 매니저다. 책을 기획하고, 집필하는 작가를 독려하고, 원고가 들어오면 글을 다듬고 편집하고, 디자이너와 함께 모양을 만들어 제작하고 인쇄, 제본해 서점에 깔리기까지, 편집자의 손길이 닿지 않는 구석이 없다. 큰 출판사의 경우에는 기획만 하는 편집자도 있고 교정·교열만 하는 편집자도 있다. 제작부, 총무부, 저작권 담당, 홍보 담당이 따로 있기도 하지만 작은 출판사는 이 모든 업무를 편집자가 다 한다. 그야말로 전천후 인력이다. 당연히 처리할 일도 많고 참여할 회의도 많다. 봐야 할, 혹은 작성해야 할 서류는 또 얼마나 많은

지. 책을 만드는 데 필요한 모든 직무의 사람들을 연결하는 역할이기 때문에 정신이 없을 때가 참 많다. 하지만 내가 생각하는 편집자의 가장 힘든 점은 바로 '퇴근'이다.

편집자 한 명은 한 권의 책만 담당하지 않는다. 항상 여러 권의 책을 맡아 진행하고 있다. 서류 작업이나 발주 같은 협업이 필요하거나 단순한 업무는 퇴근과 동시에 끝이 나지만, 어떤 책은 기획을 발전시켜야 하고 어떤 책은 원고를 면밀히 들여다보아야 한다. 그래서 몸은 회사에서 나와 집에 가더라도, 머릿속에서 원고 생각, 기획 생각이 떠나지 않는 경우가 많다. 어떻게 하면 이 책을 더 많은 독자에게 가닿게 할지에 대한 고민은 끝이 없고, 완벽한 원고를 위한 수정도 끝이 없다. 제목이 안 나올 때는 뭘 하든 제목 생각만 하고 있다. 야근이 많이 사라졌다는 요즘에도 퇴근할 때 천가방에 교정지를 주섬주섬 챙겨 넣는 편집자는 꽤 많을 것 같다. 특히 완성도를 한참 끌어올려야 할 시점에 주말이나 연휴를 앞두고 교정지를 사무실에 남겨둔 채 퇴근할 수 있는 편집자 몇이나 될까? 설사 쉬는 동안에 교정지를 펼치지 못할지라도, 그걸 챙겨 나오지 않으면 마음이 편하지 않다. 퇴근하는 편집자의 가방에 담긴 교정지는 단순히 일거리가 아니라 열정이자 욕심이고 미련이며 불안이다. 몸은 쉬더라도 머리는 원고에 가 있는 편집자는 진짜 퇴근했다고 볼 수 없다.

출퇴근하는 재직자는 아니지만 프리랜서인 지금 나의 상황도 크게 다를 바 없다. 오히려 주말이나 밤에도 당연한 듯 일하기 때문에 자율성과 함께 과로의 위험과 스트레스 지수도 높아지곤 한다. 그러니 이 일이 보람 있고 즐거운 한편, 괴롭고 힘든 것도 사실이다.

그렇다고 이 지긋지긋한 편집 일에서 언제 은퇴를 할까 고민할 팔자도 못 된다. 40대 초반인 내 또래 편집자들은 벌써 하나둘씩 회사에서 나오고 있다. 임신과 출산을 겪으며 경력이 단절된 사람, 임원으로 올라가지 못하면 실무자로서 설 자리가 좁아지는 사내 생태계 때문에 어쩔 수 없이 퇴직을 선택한 사람, 더 이상 출판계에서 미래를 보지 못해 아예 다른 업계로 이직한 사람, 자신만의 출판사를 차리겠다며 창업을 결정한 사람 등등 케이스는 다양하다. 내 경우는 이미 프리랜서가 된 지 10년이 됐기에 그만두라고 압박을 줄 상사도 없고 눈치 보며 줄을 서야 할 사내 생태계도 없다. 문제라면 어디서든 나를 원해야만 생계가 유지된다는 외주 노동자의 숙명. 지금은 어느 정도 일감이 있지만 프리랜서라는 노동 형태는 언제나 불안정을 수반한다. 일이 많으면 신경 쓸 것이 많아 힘들고, 일이 없으면 생계가 걱정되어 조급한 이 생활이 마냥 좋을 수는 없다.

엄마의 직업은 결혼 전 간호원[*]에서 결혼 후부터는 전업주부(경력 단절이다), 오락실 대표, 소극장 대표, 미싱 공장 직원, 옷수선 견습생, 옷수선집 대표, 호스피스로 이어졌다(간호원 경력은 끝내 이어가지 못했고, 다만 요

---

[*] 1950년대생인 엄마는 강원도 어느 소도시 출신인데 당시에는 간호고등학교를 나오면 '간호원'이 됐고, 각종 처치와 주사를 놓고 수술실까지 들어가는 등 지금의 간호사와 비슷한 업무를 담당했다고 한다.

대체로 가난해서

양보호사 자격증을 딸 때 조금 유리하기는 했다). 지금 엄마는 목 디스크 때문에 수선 일을 그만 두고 호스피스 자원활동과 글쓰기를 하며 은퇴 후 생활을 하고 계신다. 목 디스크만 아니었으면 아마 계속 수선 가게에 나가셨을 텐데 지금은 함께 일하던 동료에게 가게를 물려주고 완전히 손을 놓으셨다.

아빠의 직업은 전기 기술자였다가 전업 주식투자자, 오락실 대표, 소극장 대표를 거쳐 다시 전기 기술자로 돌아왔다. 지금은 아파트나 대형 건물의 관리실에서 전기 기술자 및 소방 관리자로 일하고 계신다. 일흔이 넘었는데 아직도 월급 생활자인 사실이 놀라울 정도다. 아빠를 보며 역시 사람은 기술이 있어야 된다고 생각하게 됐다.

아빠가 일과 돈벌이에서 자기 효능감을 느끼는 분이라 다행스럽다. 한편으로는 부모님의 생계를 책임지지 않아도 된다는 사실에서 내가 안도감을 느끼고 있어 죄송하다. 든든하고 능력 있는 자식이 되지 못한다는 죄책감이 가끔 불쑥 치밀어 오른다. 또 아빠까지 일을 못 하게 되면 그때는 어떡하나 싶은 불안함도 있고.

이렇게 끝없이 일해오시고 아직도 일하고 계신 부모님께 벌써 회사를 나서야 하는 우리 업계의 현실에 대해 이야기하자 "니들 나이에 벌써?"라며 경악하셨다. 아빠 엄마의 경력과 비교하면 그 격차는 더더욱 크게 느껴진다. 한때 편집자 친구들과 만날 때마다 입버릇처럼 '제1의 직업'을 찾자고 한 적이 있다. 출판은 돈도 안 돼, 업계 전체가 사양산업에 가까우니 앞으로 더 발전할 기미도 없어, 우리 몸은 나날이 늙어가기까지 하니 이제 편집자는 제2의 직업으로 남기고 생계를 책임질 제1의 직업이 따로 필요하다는 논지였다. 그 후 몇 년이 흘렀지만 나는 아직도 외주 편집자이고 다른 친구들은 여전히 회사에 다니거나 프리랜서 생활을 시작했거나 출판사 창업을 준비하고 있다. 이러니저러니 해도 책의 그늘을 떠나서는 살 수 없는 천성 편집자들인가.

만약 이 일을 완전히 그만두어야 한다면 나의 다음 직업은 무엇이 될까? 다른 직업을 찾은 동료들이 아예 없는 것은 아니다. 독서지도사 자격증을 따서 독서교사가 된 사람, 보도자료를 쓰고 제목 짓던 솜씨로 홍보 전문가가 된 사람, 교원 자격증을 따 한국어 교사를 준비하는 사람, 서점을 연 사람, 작가가 된 사람, 교육 분야로 넘어가 교재를 만들게 된 사람 등 편집 직무와 어느 정도 연결된 분야로 가기도 하지만 정리 컨설턴트, 플로리스트, 요리사나 바텐더 등 출판과 관계가 없더라도 본인의 관심사를 발전시켜 직업으로 삼기도 한다.

나의 장래희망은 '그림책 할머니'가 되는 것이다. 집 안에 한가득 그림책을 쌓아두고 계속해서 작은 이야기를 만들어내며 그림을 그리는 할머니. 그림책 할머니가 되려면 먼저 그림책 작가가 되어야 한다. 그림책 작가가 되려면 나만의 이야기를 만들어야 하고, 그림까지 그릴 수 있다면 가장 좋다. 그런데 그림책 작가로 생계를 유지할 수 있나? 어떤 이야기를 만들지 걱정하기 전에 나는 생계부터가 근심이다.

다른 직업들은 몇 년 동안 노력하면 밥은 굶지 않지만 작가와 음악가, 화가 등 예술 분야는 예외라는 걸 우리는 다 잘 알고 있다. 과연 그림책 작가는 내 다음 직업이 될 수 있을까? 편집 일을 지속하면서 꾸준히 사이드 프로젝트로 그림책을 만들면 어느 정도 가능성이 있지 않을까? 하지만 지금도 일이 많은데 어떻게 사이드 프로젝트를 시작한담? 그런 연유로 나는 몇 년째 그림책 작업에 본격적으로 집중하지 못하고 있다. 비겁한 변명이고 겁쟁이에 게으름뱅이가 아닐 수 없다. 그런데 지금 쓰는 이 책도 사이드 프로젝트 중 하나가 아닌가. 이 책이 무사히 출간된다면, 다음 프로젝트로 그림책을 시작할 수도 있지 않을까? 아무것도 정해지지 않았고 내 자신도 믿을 수 없지만 그래도 오늘 한 문장을 쓴다면 사이드 프로젝트는 지속되는 거라고, 긍정적으로 생각해본다.

대체로 가난해서

내가 그린
어떤 그림

한때 '헬조선'이라는 말이 유행이었다. 지옥이라는 뜻의 '헬hell'과 한국을 뜻하는 '조선'을 결합한 조어였다. 살기가 너무나 팍팍한 젊은이들이 한국살이가 지옥처럼 힘들다는 뜻으로 만든 단어다. 헬조선과 나란히 떠오른 또 하나의 단어는 '탈조선'이었다. '한국을 탈출한다'는 뜻으로 취업이나 이민 등의 이유로 한국을 떠나 다른 나라에서 살게 되는 상황을 가리킨다. 주로 높은 임금과 안락한 주거 환경, 인종차별을 당할지언정 성차별은 덜한 나라로 탈출한 사람들이 부러움을 샀다.

나도 그들을 부러워하는 사람 중 하나였다. 장시간 저임금 노동에 시달리며 내 집 한 칸 마련할 희망을 갖기 힘든 상황에서 벗어나 다른 쾌적한 환경으로 이주한다는 건 마법처럼 멋진 일이었다. 그러나 세계 어디든 빈손으로 갈 수는 없는 법. 이민이나 해외 취업은 해당 국가에서 거주지와 생활비 걱정 없는 넉넉한 자본이 있거나 해외에서 탐낼 만한 기술이 있어야 가능하다.

자본은 어차피 없으니 패스하고, 기술이라고 치면 나에게는 오로지 출판 편집 기술뿐이다. 대학에서 국어국문학을 공부했고 내내 출판사에서 일하거나 프리랜서로 일해왔으니 이 분야에서는 나름대로 전문가라고 할 수 있지만 문제는 내가 활용하는 언어는 오직 한국어라는 점. 한국어를 교열하고 한국어 콘텐츠만 다뤄온 사람이 해외에서 에디터로 일할 수는 없다. 어디를 가봤자 나는 일용직 말고는 할 일이 없을 터였다. 그렇다면 그냥 조금이라도 내 전문성이 인정되는 한국에 있어야 하지 않나. 죽으나 사나 나는 이 나라 이 땅에서 일하는 편이 나은 게 아닐까. 대체 한국어는 왜

대체로 가난해서

한국에서만 쓰는 거지? 나는 왜 영어권 국가에서 태어나지 않았지? 그런 하나마나한 물음만 던지며 생각이 끝나곤 했다.

헬조선과 탈조선이 횡행하던 어느 날, 기본소득청소년네크워크BIYN, Basic Income Youth Network에서 여는 '내가그린기본소득기린그림 워크숍'에 참여하게 됐다. 현실탐구단이라는 글쓰기 모임 친구들과 함께 간 자리였다. 워크숍 진행자는 참가자들에게 각자 원하는 기본소득 금액을 물어보고 평균을 냈다. 100만 원이라고 말한 사람도 있었고 300만 원이라고 말한 사람도 있어서 그날 정해진 금액은 150만 원 언저리였다. 매달 기본소득을 받는다면, 아무런 조건도 제한도 없이 그저 개인으로 존재한다는 이유만으로 받는 돈이 있다면, 내 삶은 어떻게 달라질지 생각해보았다. 상상은 기간별로 세세하게 펼쳐졌다. 그 내용은 대충 이렇다.

우선 가까운 미래에 생계에 대한 걱정이 크게 줄어

들었다. 기초생활이 보장되니 내가 버는 돈을 모아서 일하기도 좋고 살기에도 좋은, 원래 나의 터전이었던 서울 마포구로 이사 갈 계획을 세웠다. 그러고 나서는 천천히 차를 사거나 집을 사는 등 생활의 개선을 희망했다. 동시에 내가 만들고 싶은 책을 실컷 만드는 데까지 생각이 옮겨갔다. 상상 속에서 나는 개나 고양이를 키우고 내가 태어나고 자란 동네에 터를 잡고 살며, 내가 하고 싶은 일감을 골라 일할 수 있었다. 단지 기본소득이라는 하나의 조건을 설정했을 뿐인데 신이 나서 이상적인 삶을 그려내는 나를 발견했다. 그토록 탈출하고 싶었던 한국이, 기본소득이라는 한 장의 필터를 씌우자 매우 살 만한 곳으로 바뀌었다. 기본소득이 있다면 나는 한국을 탈출하고 싶지 않다. 가족들과 친구들과 행복하게 오래 이 땅에 살고 싶다.

그날 이후 워크숍을 주최했던 기본소득청'소'년네트워크에 가입했다. 여력이 없어서 활동은 못하고 있지만 나에게 희망의 씨앗을 심어준 분들에게 감사한 마음이 들었다. 희망이라니, 씨앗이라니. 이렇게 긍정적인 단어를 현실에 들여오는 것조차 너무나 오랜만이

대체로 가난해서

다. 이런 생각은 20대 초반 이후로는 처음인 것 같다. 그동안의 나는 계속 계속 현실에 치이기만 하는 일종의 침잠 상태가 아니었을까.

다른 진보 의제들에 비해 기본소득 개념은 한국에서 꽤 빨리 회자된 편이다. 몇몇 정치인들이 공약으로 밀었던 이유도 있겠지만 청년들의 삶이 위 세대가 상상한 것보다 훨씬 더 팍팍해진 탓도 있다. 그리고 곧, 코로나 시대가 찾아왔다. 이 전 세계적 위기 때문에 어떤 사람들의 돈은 눈덩이처럼 불어났지만, 어떤 사람들의 돈은 밑 빠진 독의 물처럼 콸콸 쏟아져버렸다. 가뜩이나 삶이 어려웠던 사람들이 더욱 위태로워졌다. 마음껏 밖에 나갈 수 없고 쉽게 사람을 만날 수도 없어지면서 많은 분야의 활동이 가라앉았다. 사람들의 생활이 곧장 어려워졌다.

나도 코로나 사태 초기부터 타격을 받았다. 지난해 꾸준히 협업하던 업체에서 연락이 뚝 끊겼다. 매달 적게나마 들어오던 수입이 끊기고, 당장 입금되지 않는 기획 일정만 진행하는 시기가 오니 서너 달 동안은 수입이 제로였다. 어쩔 수 없이 비상금을 꺼내 쓰고, 룸메가 받은 예술인창작지원금으로 겨우 생활할 수 있었다. 그렇게 버티다 보니 조금씩 입금되는 일들도 생겨서 한숨 돌릴 무렵 기본소득과 재난지원금 등 코로나로 어려움을 맞은 사람들에게 줄 예산이 책정됐다. 뉴스를 보고, 발표된 지원 조건들을 꼼꼼히 따져보고, 복잡한 서류를 준비해 신청한 다음, 최종적으로 통장에 입금된 금액을 확인했다. 이 경험은 나에게 이전에는 느끼지 못했던 기분을 주었다. 이렇게 말하면 누군가 서운해할지도 모르겠지만, 그 돈을 받고야 비로소 국가가 존재한다는 사실을 실감했다. 국가가 나를 챙겨줬다. 내가 여기 있다는 걸 잊지 않았구나. 우리도 여기 살아 있다는 걸 누군가는 알고 있었구나.

특별한 기사를 하나 읽었다. 어느 시골 초등학교에서 전교생에게 '매점 기본소득'을 지급했다는 뉴스였다. 이 학교의 아이들은 매주 자신에게 지급된 2,000원짜리 매점 쿠폰을 받았다. 처음부터 이 제도가

대체로 가난해서

있었던 건 아니다. 매점을 만들고 운영해보니 가난한 아이들이나 용돈을 받지 않는 아이들은 매점을 이용할 수가 없었다. 워낙 외져서 주변에 이용할 다른 편의시설이 있는 것도 아니었다. 이에 학부모회에서 문제의식을 느끼고 어느 분의 기탁금을 운용해 모든 아이들에게 기본소득을 주게 됐다고 한다.

매점 기본소득 시행 두 달 후 아이들에게 소감을 물었더니, "사고 싶은 것을 스스로 결정할 수 있어 좋아요," "친구에게 무언가 사줄 수 있는 여유가 생겼어요" 등의 답이 나왔다. 그중 나의 마음에 쑥 들어온 대답은 "학교가 나를 좋아하는 것 같아요"(68%)였다.[*] 기본소득이 지급되는 매주 월요일은 더 이상 '학교 가기 싫은 월요일'이 아닐 것이다. 아이들은 학교의 존재와 어른들의 선의를 온전히, 직접적으로 느낄 수 있었으리라. 아이들은 연필 한 자루, 과자 한 봉지라도 이전보다 자유롭고 당당하게 구매할 수 있게 됐다.

탈조선을 부러워하던 나에게 기본소득이 행복한

---

[*] "전교생에 '매점 기본소득' 지급했더니……",《YTN》, 2021.01.29.

그림을 그릴 수 있게 해준 것처럼, 이 학교의 아이들에게 기본소득은 즐거운 학교생활을 만들어주었다. 이런 점이 바로 공동체의 가장 좋은 기능과 가능성이 아닐까? 공동체란 어려움을 함께 헤쳐나갈 뿐 아니라 고통을 겪는 개인에게 자신의 존귀함을 상기시켜주는 존재여야 하지 않을까? 전 세계가 혼란스러운 코로나 시국에 국가의 존재 이유를 절실히 깨닫게 된 요즘이다.

대체로 행복할 수 있다면

가난에 대해 쓰기로 마음먹었을 때 나는 어쩌면 가장 연약할지도 모를 '나'를 꺼내놓아야 했다. 아무것도 아닌 사람이라도 그러기 위해서는 혼자만의 각오가 필요했다. 이 글을 쓰는 동안 어떤 이는 손가락질했고 어떤 이는 함께 울어주었다. 손을 잡아준 사람들이 친구이자 동료가 됐다. 다행스럽게도 그동안 활동 반경이 넓어지고 다양한 일거리들이 들어오면서 내 수입은 조금씩 늘어났다. 은행에서 받았던 전세대출은 LH전세임대주택 대상자로 뽑히면서 상환했고, 대신 매달 LH에

이자를 낸다. 여전히 싸구려 휴지를 사고 과일을 장바구니에 담는 일은 드물다. 수입이 유의미하게 증가하지는 못했다는 뜻이다.

로또에 당첨되지 않는 이상, 아마도 매우 높은 확률로 풍족한 생활이나 중산층 진입을 이루기는 어려울 것이다. 그런데 로또를 사지 않으니 그 미미한 확률조차도 없다. 그렇다면 더 나은 생활을 위해 나는 무엇을 할 수 있을까? 아무리 머리를 굴려보아도 아끼고 저축하고 조금 더 버는 것 말고는 답이 없다.

그런데 꼭 부자가 되어야 할까? 남들만큼 넓은 집이 아니어도 둘이 살기에는 충분한 작은 집에서 바쁘게, 또 한가하게 지내면 어떤가. 소박한 밥상을 차리고, 가끔은 맛있는 음식을 기쁘게 사 먹고, 만들고 싶은 책을 만들면서 적은 돈이라도 가족, 친구들과 나눌 수 있다면 나는 만족하겠다. 행복하고자 하는 나의 의지는 신념보다 강하고 기도만큼 간절하다. 램프의 요정이 나타나 미래에 큰 행운을 주겠다 제안해도 나는 지금 매일 작은 행복을 누리는 쪽을 선택할 것이다.
(큰 행운은 꼭 큰 불행과 짝으로 오더라. 그리고 램프의 요정 말을 어떻게 믿는담? 나이가 드니 의심만 는다).

조금 가난해도 대체로 행복할 수 있다면 인생이 그리 힘들지는 않을 것 같다. 오늘 치의 행복을 위해 운동을 하고 맛있게 먹자. 열심히 일하고 많이 웃자. 나를 위해 지금 할 수 있는 가장 중요한 일을 하자고 마음먹는다. 미래는 모르겠고 일단 오늘을 잘 살자.

대체로 가난해서

초판 1쇄 발행 2021년 6월 30일

지은이 윤준가
표지 그림 슬로우어스
펴낸이 성의현
펴낸곳 (주)미래의창

편집주간 김성옥
책임편집 김윤하
디자인 공미향·윤일란
홍보 및 마케팅 연상희·김지훈·김다울·이보경

출판 신고 2019년 10월 28일 제2019-000291호
주소 서울시 마포구 잔다리로 62-1 미래의창빌딩(서교동 376-15, 5층)
전화 070-8693-1719 **팩스** 0507-1301-1585
홈페이지 www.miraebook.co.kr
ISBN 979-11-91464-29-0 03810

본 도서는 카카오임팩트의 출간 지원금과 무림페이퍼의 종이 후원을 받아 만들어졌습니다.

생각이 글이 되고, 글이 책이 되는 놀라운 경험. 미래의창과 함께라면 가능합니다.
책을 통해 여러분의 생각과 아이디어를 더 많은 사람들과 공유하시기 바랍니다.
투고메일 togo@miraebook.co.kr 제휴 및 기타 문의 ask@miraebook.co.kr